Jorge Benson

¿Quién mató al Obispo?

Crimen en la Costa de Buenos Aires

Buenos Aires
2014

EDITORIAL DUNKEN
Buenos Aires
2014

Hecho el depósito ley 11.723
Impreso en la Argentina

ISBN-10: 9870275079
ISBN-13: 978-9870275077

Mail
al Papa Francisco

Asunto: Confidencial: Qué pasó en Gral. Madariaga
Patricio <padrepatricio@cleroweb.com.ar> 5:20 (hace 4 horas) ☆ ↖
de: **padrepatricio@cleroweb.com.ar**
para: Papa Francisco francisco.vaticano@vat.com
fecha: 7 de febrero de 2014, 5:20
asunto: Conf: Qué pasó en Gral. Madariaga
enviado por: cleroweb.com.ar :
  ➢   Mensaje importante por las palabras que contiene

Estimado Papa Francisco, o querido Jorge:

Disculpame, pero a muchos todavía nos cuesta creerlo, y nos cuesta tratarte de *Ud., Santo Padre*. Pero sí, Jorge, ¡sos el Papa!

Y gracias por el llamado. De más está decir que no lo esperaba. Para vos habrá sido lo más normal, pero para la pobre sacristana de esta parroquia campestre (disculpala si no te creyó, y te colgó la primera vez) fue una emoción que le va a durar mucho tiempo. ¡Qué iba a saber ella que éramos amigos desde los tiempos en que nos juntábamos para ir a la cancha!

Entre nosotros, y como decimos con los demás *gomías* de la barra que dejaste, al Cónclave no fuiste nomás a *balconear,* sino que los *primereaste* a todos, ¿eh? ¡No te dejaste *ningunear!* Y te dijiste, como decías siempre: *¡ahora me quedo a hacer ...lío!*

Pero bueno, ahora hablando en serio, el asesinato de un obispo, aunque de una pequeña diócesis perdida en un rincón de la Argentina, como la de General Madariaga, duele en el corazón de toda la Iglesia, y le interesa al Papa. Por eso comprendo tu preocupación, como Pastor de toda la Iglesia (y como argentino), por el crimen del obispo. Y entiendo tu interés en tener una crónica objetiva y confiable de lo que pasó.

Así que me puse a trabajar, y aquí te mando mi relato. En realidad lo hicimos entre varios. De los 35 participantes del Retiro en la Casa de Ejercicios de Villa Esmeralda, me ayudaron tres, con los que nos repartimos el trabajo. También contamos con la generosa colaboración del detective, un hombre no sólo interesante sino casi providencial, ya que siendo ex seminarista conocía nuestro ambiente, y siendo muy competente en lo suyo hizo un trabajo excelente.

Pero no voy a adelantarme a revelar quién fue la persona capaz de cometer semejante crimen, ni los motivos que la llevaron a precipitar, de modo tan horrible, la partida de nuestro pobre obispo a la Patria celestial. Lo que si te anticipo es que, sin la sagacidad del detective, muy probablemente se hubiera disfrazado el asesinato de suicidio o de accidente, y habría quedado impune. ¡Ya lo vas a ver vos mismo!

Desde el comienzo de su investigación, de todos los curas presentes él se concentró en algunos. Como no creo que hayas conocido a ninguno de ellos, te los voy a describir.

Y, una vez más, queda de manifiesto la asombrosa variedad de estilos y la siempre sorprendente heterogeneidad de personalidades que enriquece nuestro querido gremio clerical. ¡Empezando por el Obispo de Roma!

Con un abrazo,

p. Patricio.

Haz clic aquí si quieres <u>Responder</u> o <u>Reenviar</u> el mensaje

> **Breve diccionario:**
>
> *Gomías:* amigos
> *Balconear*: quedarse mirando
> *Primerear*: aventajar.
> *Ningunear*: ignorar, anular

Braulio,
el *Brochero* de la Costa

–¡Vamos Ramoncito! –dijo el padre Braulio.

Había celebrado, como siempre, la misa de once, y para cerrar la iglesia tuvo que esperar que saliera el último parroquiano, o sea doña Eulalia, como de costumbre. Y ésta no se fue sin hacerle su habitual comentario sobre la homilía:

–Muy lindo lo que dijo de la samaritana, Padre. Y me gustó eso de que hay que estar dispuestos, como Jesús, a sentarnos al lado de cualquiera para arrimarles la gracia de Dios. ¡Como hace usté!

–¡Gracias, doña! –le dijo el párroco. Le dio la mano, cerró la iglesia, y se volvió a la casa parroquial, es decir al antiguo puesto de estancia, de adobe y chapa, en donde vivía el buen cura desde que la gente tenía memoria.

Buscó sobre la mesa, entre papeles y paquetes, la cajita con los óleos para los enfermos, y salió.

Dejó la puerta sin llave, sin preocuparse por posibles intrusos. De eso se ocupaba el ovejero negro que le había regalado el irlandés. Lo llamaban Bicho. Según algunos, por lo feo. Ricky le había dicho que en realidad era Bishot, o algo así, en homenaje al obispo. Nunca entendió esa parte, como muchas otras de las que le hablaba su amigo el gringo.

Enfiló al viejo Renault 6, que esperaba debajo de la enorme acacia, como antes lo esperaba, a la sombra, su zaino malacara. Todavía extrañaba a Felipe, el criollo fiel que lo acompañara durante largos años de recorrida campestre por el territorio de su parroquia.

Entre el auto y el caballo, él seguía prefiriendo al caballo. El Renault 6 era útil, pero el caballo era un amigo.

Se consolaba pensando:

–Este autito es lo más parecido, en autos, a un caballito criollo…

–¡Subí, nomás! ¡Qué viento, che! ¡Ojalá se lleve todos estos mosquitos!

Como una plaga de Egipto, los mosquitos habían invadido de golpe toda la Costa.

–Y vas a ver que la bendición que le *viá* dar a tu mama la va a sacar al trote, lo más sanita y contenta.

Salieron hacia la estancia Los Talas, para llegar cuanto antes al puesto de la familia Morena.

Ramoncito conocía bien al padre Braulio. Él lo había bautizado, igual que a sus hermanos, y los domingos era un infaltable monaguillo. Hablaba poco, miraba mucho, y estaba siempre dispuesto a dar una manito en lo que viera que hacía falta.

Estaba a gusto con el padre Braulio, porque eran parecidos. El cura, nacido él también en un puesto de campo, era de pocas palabras y muy servicial. Claro que ya no estaba para muchos trotes. Treinta años en esos montes le habían exigido mucha intemperie y poco descanso. Pero, aunque sus huesos pedían reposo, él no se quejaba, ni hubiera pedido un cambio. Esa era su gente, y Médanos Norte era, si le hubieran preguntado, su lugar en el mundo, o, mejor, su lugar en la Iglesia.

Por lo demás, casi ningún cura hubiera querido su parroquia. Sus colegas lo apreciaban, y lo llamaban fraternalmente *Brochero.* Pero ninguno le envidiaba ese destino pastoral. A esa zona no había llegado la avalancha del turismo, como en los pueblos costeros. Un poco sí, en la parte arenosa, pero no tanto tierra adentro, donde los ranchos escondidos en el monte seguían proveyendo bebes para bautismo, chicos para catecismo, jóvenes para matrimonio y enfermos para visitar, muchas veces únicamente a caballo.

–Está bien –solía decir –que haya obispos, profesores y otras yerbas importantes. Y está muy bien que los soldados como yo la *peliemos* en estos frentes de combate… ¡A mí déjenme aquí!

Llegaron al rancho y, para su sorpresa, salió a recibirlos la enferma.

–¿Pero cómo? –preguntó el cura. –¿No estabas tan grave, que este bandido me sacó a lazo de la parroquia?

–No sé –repuso ella. Y siguió diciendo: –¡Al rato que se fue para la iglesia, me vino un viento de adentro que me sacó toda la peste!

–¡La pucha! –pensó el cura: –Ya van varias veces que me pasa que, al momento en que digo ¡Vamos!, se me curan los moribundos.

Y dijo:

–¡Bendito sea Dios, pues! Vamos a festejar con unos mates y me vuelvo, que en un rato me vienen a buscar.

Como la suegra de san Pedro recién curada, la enferma se puso a servirlos. Claro que, como era paraguaya y hacía calor, ofrecía *tereré*. El cura aceptó también unas rebanadas de salame con galleta, lo que le serviría de almuerzo.

Se subió al auto, y al girar se oyó un ruido seco que provenía de los cuartos traseros del Renault.

–¡Pucha, no te me rompas otra vez, semieje querido, dejame llegar hasta la parroquia!

Arrancó despacito y fue acelerando. Su oración había sido escuchada.

Al llegar a la Parroquia sacó de la heladera unos huesos, con los que aseguró el almuerzo de su perro.

El sol calentaba la tarde, nadie más parecía necesitarlo, y lo más conveniente, dadas ambas circunstancias, era regalarse una buena siesta.

Dos horas después, el cura estaba disfrutando, con el Bishot a sus pies, del silencio y de unos mates camperos, cuando la bocina de una camioneta anunció la llegada del párroco vecino.

No podría ser mayor el contraste entre los dos sacerdotes. Braulio era grandote, de rostro achinado, pelo negro medio chuza, sin una cana.

Su buen amigo, el padre Richard Donnelly, era un irlandés de abundante pelambre rojiza que le tapaba la cabeza y casi toda la cara, como ayudándolo a esconderse. Porque las malas lenguas decían que había venido a Médanos Sur huyendo de la policía, que lo buscaba por algo que había pasado allá en Irlanda.

Lo cierto es que hacía unos cinco años había aparecido en la diócesis, como un misionero más, y su modo franco y sencillo, casi gauchesco, lo había hecho muy popular.

–¡Hola, Ricky! ¿Te bajás a tomar unos mates?

–Mejor no, Braulio. Mirá que el obispo se va a enojar si llegamos tarde.

–¡Qué problema hay, si la cosa empieza en serio recién mañana!

Subieron a la camioneta y partieron.

–¿Escuchaste las noticias, Braulio? Parece que el *Monse* va a dirigir el Retiro él mismo, porque quiere decirnos algunas cosas muy serias a todos sus curas.

–¿Cosas serias? ¡Ja! –rió Braulio, agregando:

–Que recemos más y tomemos menos, que trabajemos más y no miremos a las mujeres… ¡Siempre lo mismo!

Se sacó la boina para rascarse la cabeza, dejando ver la mitad de la frente más blanca que el resto de su rostro. Y agregó:

–Lo que es …si en este Retiro espiritual el *Monse* quiere acomodarme el apero y *asujetarme* la cincha, no le va a ser fácil… ¡El zorro pierde el pelo pero no cambia las mañas!

–No, parece que hay novedades, que está enfermo, que necesita un Vicario, ¡qué sé yo!

–Pero ¿qué te preocupa, todo eso? Nosotros, en nuestros Médanos, estamos lejos de obispos y vicarios, ¡por suerte! –agregó riéndose y dándose una palmada en la rodilla.

–Mientras no me vengan a buscar los ingleses, yo sigo tranquilo.

–¿Por qué? ¿Les debés plata?

–Plata no, pero hay alguno que no me quiere.

–No te preocupes, Ricky, en estos días de Retiro voy a rezar para que Dios te cuide.

–*Please!* Y pedí que, si hay alguno que se acuerde de mí, ¡que Dios se acuerde él y se lo lleve! Ahí sí me quedo tranquilo.

El irlandés se quedó pensando un momento, como ausente. Poco después, y haciendo un gesto como volviendo a la camioneta y a su conversación con Braulio, le dijo:

–¡Y descansá! Aprovechá para dormir, porque vos, Braulio, no parás, y no se puede estar todo el tiempo corriendo. Acordate lo que decía ese obispo de mi diócesis, en Irlanda, que en tu idioma se diría más o menos así: *"vos rompete el alma por la Iglesia, ...y serás reemplazado"*.

–¡Ja! ¡Qué guacho! –replicó Braulio. –¡Y qué verdad!... Pero bué, para eso estamos, ¿no? Como dijo san Pablo: *"Impendar et superimpendar...!"* Te lo traduzco, Ricky: *Me gastaré y me requete gastaré...*

La camioneta siguió viajando, alegrándose de llegar, por fin, al pavimento.

Zaca,

o en todas partes
se cuecen habas

El padre Zacarías terminó de almorzar, y se dispuso a dormir la siesta.

Una hora y media después, se sentó frente a la computadora, se conectó con *cleroweb* y leyó algunos mails. Luego buscó, a través de Google, sus lugares favoritos de compraventa.

Después de un largo rato de navegar entre ofertas y artículos varios, siempre útiles y necesarios, apagó la PC, se preparó un café y se sentó a mirar televisión. Tenía todavía un par de horas hasta la misa vespertina. Se enganchó con una serie de piratas, de esos piratas que, si no están abordando barcos en alta mar, están abordando burdeles en tierra firme. Al terminar, apagó la tele y se dirigió a su despacho.

Al llegar vio, sobre la mesa, el breviario, que parecía llamarlo al cumplimiento de descuidadas obligaciones sacerdotales.

–¡Uy! –se dijo. –Hace como dos días que no lo agarro. Pero bueno, total, en el Retiro no voy a hacer otra cosa que rezar.

Así justificado, agarró el teléfono.

–¡Hola mami! ¿Cómo va el fin de semana largo? ¿Lleno total? ¡Qué bueno! ¿Algún problema? Acordate que me voy toda la semana de Retiro. Cualquier cosa lo llaman a David.

–¿Cómo? Sí, no te preocupes, voy a tener el celu prendido. Pero solo en último caso me llaman a mí, ¿eh? O, mejor, me mandan un mensajito.

Cortó con la mamá y llamó al remisero:

–Hola, Juan, necesito que vengas a eso de las 8. Sí, después de misa. Vamos a Villa Esmeralda. ¡Te espero!

Le quedaba un rato, antes de la misa.

Se levantó para volver a su cuarto, con intenciones de empacar, cuando sonó el teléfono.

–¿Qué? ¿Cómo? ¿Cómo que perdimos todo?

Un frío le corrió por la espalda al padre Zacarías. No podía creer lo que le estaba diciendo su primo David, con quien hacía rato tenía negocios. Se sacó los anteojos y se secó la frente. Una especie de terror lo había invadido.

Largo como era, la mala noticia lo hizo arquearse hacia adelante, como para atajar lo que se le venía encima. Y si era, naturalmente, de tez blanca, lo que le estaba diciendo su primo lo había puesto más pálido todavía.

–¡No puede ser! ¡Voy a terminar *en cana*!

Claro que con sus manejos del dinero parroquial el camino no era, precisamente, el de los altares. Volvió a sentarse, furioso.

–¡Me dijiste que era seguro, que la mesa de dinero me daba un interés enorme por la plata del Gimnasio, y que con eso podríamos comprar un auto para cada uno!

–¡Pará, Zaca, no te desesperes! Ya vamos a conseguir un financista. Lo que pasó fue que…

La voz en el teléfono trataba de explicar lo inexplicable. O lo que era, en todo caso, absolutamente inútil. La plata que había venido como ayuda de católicos europeos para construir el Gimnasio había desaparecido sin dejar rastros.

No era solo la implacable acción de la Justicia lo que lo hacía temblar al padre Zacarías Currol. Sino las explicaciones que iba a tener que dar a todo el mundo. Le hervía la sangre catalana. ¡Lo habían estafado a él!

¿Qué iba a decir ahora, en el pueblo? Porque todos en Villa Las Acacias esperaban con ansias el proyectado Gimnasio.

En la nueva y hermosa Villa ya había casi todo, para la exigente población. Donde hacía pocos años no había nada, se levantaba lo que prometía ser, muy pronto, una pequeña y coqueta ciudad.

En poco tiempo se habían fijado y forestado varios kilómetros de médanos sobre el mar, y una avalancha de porteños fugitivos se había instalado en lindas y sencillas viviendas permanentes.

Con los primeros comercios y la comisaría, se levantó una capilla, la que pronto se mostró insuficiente.

El obispo había encomendado la nueva parroquia al sacerdote recién llegado de Europa.

Zacarías había intentado estudiar, pero no había durado mucho en el intento. No había sintonizado para nada con Roma, no pudo aprender italiano y no aprobó ni un examen.

–¡Lo mío es construir! –le había dicho al obispo, y el obispo le había creído. Al volver a la diócesis, lo instaló en la Villa y, al cabo, le confió bastante dinero de la curia diocesana para las primeras obras.

Y si lo suyo era construir, el cura constructor ya había levantado, al año, un complejo turístico, que regenteaba su madre y la madre de su primo David. Allí trabajaban también su hermana y su cuñado.

–Con lo que ganemos –había pensado el cura –hacemos la casa parroquial.

Pero la familia no tenía las mismas prioridades, y todos vivían del floreciente y popular emprendimiento.

Y ahora, la catástrofe.

–¿Qué hago? –se preguntaba una y otra vez. Alto y delgado, su mirada parecía la de un halcón, cuando se fijaba sobre alguien, como si estuviera por abalanzarse con las garras en ristre para desplumar a una presa.

Pero ahora el desplumado era él.

Y se respondía a su repetida pregunta:

–¿Rajar de aquí? Pero ¿a dónde? ¿Y la vieja y el complejo? No lo van a querer vender. ¡Para qué lo habré puesto a nombre de ellas! ¿Pedir prestado? ¡Quién me va a querer prestar un mango! ¿Al obispo? ¡Va a ser el primero en denunciarme!

–Por lo menos espero que no se entere antes del Retiro. Eso me va a dar unos días para hacer unas llamadas, y ver qué hago…

Salió a la sacristía, se revistió para celebrar la misa vespertina, y miró rápidamente el libro de las lecturas de ese día. Repasó mentalmente lo que iba a decir en el sermón y, antes de comenzar, se asomó a la iglesia. Estaba llena. Chicos y grandes lo recibieron cantando con entusiasmo.

Ya no se acordaba de su tragedia financiera. Ahora actuaba de párroco. Y esa segunda personalidad no recordaba para nada a la del financista en apuros.

Predicó con entusiasmo, insistiendo, en torno a la primera lectura del Génesis, que "Dios vio que todo era muy bueno" y la providencia seguía velando sobre las necesidades de sus hijos. ¿O acaso Jesús no tuvo compasión de la samaritana? ¡Confianza y alegría!

Pío,
sagrario y campana

–¡Gracias, Dios mío, por ser tan infinitamente bueno! ¡Un Dios eterno e infinitamente grande, mi Padre..!

Pasmado ante el misterio de Dios, al que le dedicaba las primicias del día, el padre Pío Aguanti se levantó del reclinatorio y se sentó.

Se movía con agilidad, a pesar de que cargaba no pocos kilos. Rosado, casi completamente calvo, había celebrado sus bodas de plata con el sacerdocio con una alegría que había contagiado a todo el pueblo.

Auténticamente humilde, irradiaba piedad. Su secreto era que mientras pasaba el día dedicado a un ministerio complicado, su mente y su corazón estaban ocupados en "las cosas de su Padre", como Jesús entre los doctores de la Ley.

Esa mañana, hondamente tocado por el Misterio, se preguntaba si lo suyo no serían dudas de fe:

–¿Cómo puede ser que un Dios infinitamente trascendente se encarne, sufra, muera..?

La campana del colegio interrumpió, como de costumbre, y muy a su pesar, el vuelo de su meditación. Miró el crucifijo y le dijo a Jesús:

–¡Ya voy, Señor!

Tenía por costumbre, desde que comenzara a funcionar su Instituto Parroquial San Jorge, dependiente de la parroquia de Mar de Ajó, rezar con los chicos en el patio, antes de empezar las clases. Y ahí estaban, como todas las mañanas, reclamando su presencia.

Era la rutina diaria. Por eso se levantaba con el sol, para tener una larga hora a solas con El, frente al sagrario.

Se levantó y salió. Una vez más le vino a la mente el pensamiento recurrente de esos días.

–¿Y si pido permiso, dejo la parroquia y el colegio, y me voy?

Lo tentaba el Monasterio de Las Almenas, recientemente fundado por el Abad Juan Felipe no lejos de su pueblito natal, en Villa Monte Alambrado. Lo atraía la idea de consagrar lo que le quedara de tiempo a vivir anticipadamente la Eternidad.

–Ya tendré tema y tiempo para charlar con el *Monse*, en el Retiro. Mientras, ¡al trabajo!

Recitaron las oraciones de la mañana, izaron la bandera, cantaron *Aurora* y cada grupo a su aula. Pero con eso no quedaba liberado. ¡Había que ocuparse de todo!

Los de 4º A estaban solos, porque había faltado la maestra. ¿Quién la reemplaza? Los acompañó un rato, como para que dejaran de hacer barullo y se pusieran a escribir algo, una composición, cualquier cosa.

Lo esperaban los plomeros, que necesitaban instrucciones. La zinguería del techo del comedor se había desprendido, mal embutida, y las goteras lo volvían loco.

–¡Y qué querría ahora la mamá de los hermanitos Busquetti?

Cada dos meses venía a quejarse de algo, o a pedir consejo, o a preguntarle pavadas.

–¡Por qué no se conseguirá un novio, esta viudita tan pesada, y así me deja en paz!

–¡Padre, no hay tizas! –lo asaltó un improvisado delegado de 3°A.

–¡Voy! ¡Ya voy! ¡En seguida voy! –eran sus palabras más frecuentes durante toda la mañana.

A las cinco sonó la campana. Todos formados en el patio, rezaron, arriaron la bandera y en pocos minutos desaparecieron. Mientras Marlene, la directora, y su hija Martu, maestra de los más chicos, juntaban sus materiales y se disponían a partir, les anunció que el domingo iba a salir, y que iba a estar unos días ausente.

–Esperen un poco que traigo el mate y charlamos un ratito. Por ser viernes, después las llevo.

–¡Ay, Padre, qué suerte!, ¿nos va a acercar al cruce?

Las dos maestras rurales no iban a perder semejante oportunidad de salvarse, por esa vez, de viajar *a dedo*.

–Si me dan un minuto, con mucho gusto.

Mientras ellas cerraban la escuela, el cura preparó el mate. Entró en su cuarto. Miró la imagen del Cristo y le dijo:

–¡Gracias, Jesús, por lo que hicimos hoy! Te pido por los chicos, por sus maestras, por sus familias. ¡No abandones la obra de tus manos!

Hizo pasar a las maestras a su salita, y conversaron un rato sobre temas de la escuela. El viento les azotó la cara cuando salieron y subieron al Citroën.

–¡Padre! Qué raro, usted saliendo a esta hora, ¿no? –le preguntó muy sonriendo Marlene, sentándose adelante.

Atrás se instaló su hija Martu, que seguía cebando mate, y que preguntó, a su vez:

–Y el domingo, ¿se va de vacaciones?

–¡Qué vacaciones! ¡Ojalá! Estamos de Retiro espiritual, los curas con el obispo.

–Bueno, es parecido, ¿no? Unos días sin los chicos… –replicó Martu, recibiéndole el mate con una gran sonrisa. Tenía mucha confianza con el padre Pío, al que conocía desde siempre. Había sido bautizada por él, y a sus veinte años ya era toda una maestrita. Y lo había visto siempre igual, alegre, tranquilo, trabajador, de enorme paciencia.

–Padre –le preguntó, ofreciéndole el mate –¿Cómo hace para estar siempre contento?

Pío le sonrió por el espejo retrovisor.

–¿Cómo no voy a estar siempre contento, si vivo entre tantos angelitos?…

–¡Sí, justo! Entre estos chicos hay cada diablo…

Siguieron conversando y tomando mate hasta el cruce de las rutas. Pero en vez de dejarlas a la entrada de El Tordillo, el pueblo donde vivían las maestras, entró con ellas para dejarlas en su casa.

Visitó un par de ancianos, y saludó a doña Sabina, la que cuidaba la capilla.

Entró en el Club Social, y se sentó a jugar a los naipes con el farmacéutico, el sereno de la fábrica y el juez de paz.

Había refrescado, y El Tordillo ya se iba a dormir. El cura también, ya que allí no había más nada que hacer.

Otra vez en la ruta, puso música y emprendió el regreso.

–Si nadie me está esperando –pensó –al llegar tengo tiempo de preparar el sermón del domingo, mañana junto mis petates y después, ¡qué bueno!, unos días de cielo…

Se sentó frente a su notebook y empezó a escribir:

"Jesús, cansado, se sienta a tomar agua. El comprende nuestros cansancios, hace suyas nuestras debilidades, nos enseña a pedir ayuda…"

Pepe,
de trinchera en trinchera

El padre Uceme se despertó, sobresaltado. El dueño de casa estaba acomodando unas latas y el estrépito acabó con su sueño. Y eso que lo necesitaba, porque había estado hasta tarde en el dispensario, ayudando a los enfermeros.

Y ese olor a ajo… El viejo, muy gallego, no comía nada que no apestara a ajo. Toda la casa era como un enorme ajo que lo invadía todo y le impregnaba la ropa, indeleblemente.

Era su destino, algo cruel. Cuando lo cambiaron de parroquia y lo mandaron a ese pueblito perdido, con la gente enemistada con los curas a causa de los dos últimos párrocos que habían padecido, pensó pedir el pase a otra diócesis, y así evitar ese inmerecido castigo.

Pero prefirió, finalmente, hacer lo que le enseñaba san Juan de la Cruz: "callar, hacer y padecer, todo envuelto en silencio".

Sin embargo, algo en él se rebelaba, y se expresaba en un lenguaje algo diferente al del místico español:

—Y castigo ¿por qué carajo?

Pero no le habían dicho. Tenía algunas sospechas, por rumores que le habían llegado, que explicaban de algún modo su cambio de parroquia.

—¡No puede ser! ¿Que entre curas nos serruchemos el piso? ¿Y que el *Monse* se crea cualquier mentira?

El obispo lo había llamado, y le había dicho que no tenía otra alternativa. Ni explicaciones, ni proceso, ni oportunidad de defenderse.

Agachó la cabeza y obedeció. Prefirió no entrar en una pelea que podría llegar hasta los fieles y convertirse en un escándalo.

–¡Agua y ajo!   —se había dicho, algo proféticamente: –¡Aguantarse, y …al ajo del gallego!

De modo que, al levantarse, siguió la rutina de todas las mañana. Se sentó en la cama, miró la imagen del Cristo que tenía delante y, en piyama, le rezó las primeras oraciones de la mañana.

Entró al baño, para sus abluciones matinales, y al abrir la ducha cumplimentó puntualmente las maldiciones al obispo. Pero también tuvo un recuerdo para el anfitrión:

–¡Y este viejo, ¿no podía poner agua caliente en este baño, también?!...

Se afeitó, como siempre, casi sin mirarse en el espejo. No le hacía falta. No lo hacía para peinarse, porque tenía el pelo cortado al ras, ni tampoco antes de salir, para verificar su buena presentación. Por eso más de una vez se sorprendió en alguna parte con los botones de la camisa mal abrochados.

Las comodidades de la casita eran mínimas. Pero hasta que no terminara de arreglar la casa parroquial, o lo que su antecesor había dejado de ella, no tenía más remedio que conformarse con la habitación que había alquilado en la esquina. Hotel no había, y, si hubiera habido, plata para pagarlo tampoco.

Abrió el breviario y prosiguió sus rezos.

Al salir a la calle, hacia la iglesia, el viento lo saludó con una fina arenilla que le hizo arder la cara.

Al llegar, hizo una corta visita al sagrario y tocó la campana. Se sentó en el confesonario y se puso a mirar la pared que tenía enfrente.

–¡Qué falta que le hace una buena mano de pintura! –pensó. –Y esos Via Crucis son espantosos. Voy a buscar otros en Buenos Aires. ¡Esta iglesita, bien pintada, puede quedar muy bien!

No tardó en aparecer el primer penitente. Estuvo una media hora confesando, y a las once en punto empezó la misa.

Era buen orador, de manera que las quince personas que participaban de la misa pudieron disfrutar un buen sermón, breve, didáctico y ameno, en el que lo central era la presencia de Jesús en su Iglesia. Les decía:

—¡Jesús nos pide tan poco, como el agua a la samaritana, y nos da tanto a cambio, como le da a esa mujer la esperanza del Cielo!

Al terminar la misa saludó a los fieles en la puerta.

—Y para el domingo que viene inviten a los vecinos, ¿eh?

Dejó sus ornamentos en la sacristía y se dirigió al Comedor de doña Rosa. Ésta lo recibió con sincera alegría:

—¡Hola, padre Pepe! Le tengo unas riquísimas milanesas. Ya salen, con lechuga y tomate. ¿Está bien?

El padre agregó un vaso de vino de la casa, y terminó con flan casero. De vuelta en la parroquia retomó el trabajo pendiente. Sacó el pincel del aguarrás, abrió el tarro de pintura y se puso a pintar la que iba a ser su habitación.

—¡Si consiguiera algún ayudante! —pensó. Pero los vecinos solidarios todavía no aparecían.

Un par de horas después suspendió los trabajos, se lavó y pasó por lo del gallego. Hizo la valija, y salió caminando hacia la parada del colectivo que lo llevaría al Retiro. O mejor dicho, que lo dejaría en la ruta a casi un kilómetro de la Casa de Ejercicios de la diócesis.

Se subió, puso su valijita sobre las rodillas, y la abrió para sacar el libro que estaba leyendo. Al hacerlo sintió, ¿o era su imaginación?, que una nube de olor a ajo invadía el colectivo. Asoció el aroma con su nuevo destino:

—¡Ay, valijita! En la otra parroquia olías a lavanda.

Al decir esto volvió a dolerle su cambio de destino:

—Si tengo ocasión y ánimo, voy a hablar con el *Monse*. ¡No puede ser! Este obispo no tiene códigos. Sacarme de un parroquión que andaba al pelo, para enchufarme en ese pozo… Y sin importarle que la gente sospeche que fue un castigo por algo que hice, eso no se hace.

Sacó su libro, *El Hijo del Capataz*, diciéndose a sí mismo:

—Voy a terminar esta novelita antes de que empiece el Retiro…

Leyó una página y volvió a protestar, interiormente:

—Me hubiera dicho de qué se me acusaba y yo hubiera podido defenderme. ¡Hijo de su madre! ¡Quién me iba a decir que un obispo puede ser tan cruel!

–En fin, mejor esperar al próximo obispo, porque al *Monse* no le debe quedar mucho que digamos. Si tengo suerte y se borra, hablo con el próximo y que Dios me ayude. ¡Salvo que venga otro que sea igual, o peor!

Se le sentó al lado una señora, gordísima y llena de paquetes.

–Lo que me faltaba –pensó. –Y esto también es culpa del *Monse*, que con el cambio de parroquia me dejó de a pie. ¡Qué hijo de una gran…!

En ese instante, y cual castigo del Cielo por insultar a su obispo, un gran paquete de la gorda se le vino encima.

–Perdone! –atinó a decirle.

–No es nada, doña. –la calmó, mientras pensaba: –Ojalá te quedes toda llena de olor a ajo, vos también…

Caía el sol cuando llegó a Villa Esmeralda. Caminando hacia la casa, pudo admirar sin apuro las largas nubes rojizas que decoraban el cielo.

–¿Ves, Pepe? –se dijo, ya más contento. –Como viniste caminando podés disfrutar más tranquilamente del paisaje… ¡Agradecele al Monse!

Riéndose, caminó más despacio, como paseando.

–¡Bueno! Disfrutemos este regalito de Dios, que me manda al Retiro a pasar unos días de tranquilidad y descanso.

Quico,
el *Komeini* fundador

–¿Y va a ir igual, Padre? –le preguntó uno del fondo.

–¡Y claro, tengo que ir, vamos todos los curas de la diócesis!

–¿Después de lo que le hizo el obispo, o de lo que nos hizo? –preguntó otro.

El salón parroquial del Carmen, en Villa Sylvia, estaba que ardía. Una gran cantidad de jóvenes, venidos de varios pueblos vecinos, ocupaban todas las banquetas y sillas del galpón que utilizaba la Parroquia. Era de chapa, como era de chapa la iglesia y muchas de las casas del vecindario. Pueblo chico, de pocas pretensiones, pero prolijo y pulcro, con sus chacareros solidarios y comerciantes generosos era un destino conveniente para las intenciones del párroco.

Y ahí estaban, después de la misa vespertina del sábado, todos los fieles seguidores del padre Quico, con los que ya se veía Fundador de una nueva Congregación.

En la homilía, había subrayado el gesto de Jesús, de enviar a sus discípulos al poblado a cumplir una pequeña misión.

–¡Así nosotros enviamos a nuestros jóvenes, como misioneros del siglo veintiuno, a combatir contra los enemigos de la Iglesia!

El sermón, como de costumbre, había caído sin sorpresas entre los parroquianos habituales, ya acostumbrados al estilo del padrecito.

Pero había entusiasmado especialmente al grupo de los que, armados hasta los dientes de rosarios y devocionarios, habían participado en la violenta irrupción en la catedral de Madariaga.

Para ellos era evidente. No podían soportar ver al obispo allí sentado, para el acto interreligioso anual, entre los más variados representantes de religiones, iglesias y sectas.

Con ánimo aguerrido, y sintiéndose impulsados por toda la fuerza de lo Alto, allá habían marchado, cual Templarios de Villa Sylvia. No los había detenido ni el barro, que hizo empantanar a dos de las camionetas, ni el respeto que inspiraba, especialmente en jóvenes criados en el campo, la majestad de una catedral, aunque fuera la no tan impresionante de General Madariaga.

Los años anteriores se habían limitado a protestar afuera del templo. Pero esta vez estuvieron dispuestos a algo más. Porque eran más, y el padre Quico les había hecho ver que el miedo era cosa de cobardes. Por algo su lema era "Dios lo quiere, y yo me atrevo".

Por todo eso, al padre Federico *Quico* Maini los curas de la diócesis lo llaman también *Komeini*.

–¡Cuente, Padre, para los que no fuimos!

El cura levantó el brazo derecho, y todos hicieron silencio. Miraban al pequeño sacerdote, de tez morena y de negra sotana, con una mezcla de admiración y complicidad, que él sabía cultivarles con su trato en el que se mezclaban un cierto misticismo y llana camaradería. Tenía un costado intelectual, de estudioso de la teología, pero también era carismático con los jóvenes, que lo veían como un cura sabio y a la vez canchero.

Se acomodó en la silla, mirándolos con aire travieso, y les contó:

–Al llegar a la Catedral, después de algunas peripecias con las camionetas…

Uno lo interrumpió:

–¡Menos mal que salimos temprano!

El cura retomó el hilo:

–Al llegar, nos ubicamos discretamente en las últimas filas de asientos, las únicas disponibles. En seguida me puse en oración. Los muchachos se distribuían el material que iban a repartir. Y cuando llegaron los últimos invitados solemnes, es decir los herejes y sectarios que venían a profanar el Lugar Santo, y ya estaban por empezar, hicimos tronar, como un rayo que caía del Trono del Altísimo, el primer padrenuestro. Por supuesto que con eso se interrumpieron las presentaciones. ¡Ustedes los vieran! La pastora se miró con el imán, el rabino preguntó qué pasaba al presbiteriano, la diaconisa, furiosa, le pedía explicaciones al obispo.

Risas y aplausos festejaron la descripción de la escena. Algunos gritaron:

—¡Vivan los Cruzados del Sur!

Así se llamaban a sí mismos, y por eso sus estandartes tenían una cruz con cuatro estrellas en las puntas.

—¡Siga, Padre!

El padre Quico prosiguió:

—Se veía que el obispo quería tranquilizarlos, mientras lo miraba, como pidiéndole explicaciones, a Ecuménico.

Así llamaban al cura secretario de la Comisión Interreligiosa.

Los muchachos volvieron a interrumpir, con ánimo decididamente beligerante y ninguna devoción filial al Pastor de la diócesis:

—¡Estaba furioso!

—¡Se puso loco, pero no podía hacer nada!. ¡Y nosotros meta rezar a los gritos!

Otra vez retomó el hilo el sacerdote:

—Lo cierto es que nadie sabía qué pasaba, salvo nosotros. El obispo me vio, a pesar de la distancia, arrodillado en medio de mis valientes, y, una vez más, me odió.

—¡Ja! —festejaron los seguidores. Los más cercanos opinaban:

—¡Seguro que usted está en la lista negra, Padre!

—Pero ¿qué le va a hacer? ¡No puede hacerle nada, si no hizo ningún pecado!

—Además somos muchos los que estamos en contra de ese circo pseudo ecuménico, que no sirve para nada…

—Y a él me parece que tampoco lo divierte demasiado —juzgó el cura, agregando: —Lo hace porque está de moda.

Reanudaron los comentarios:

—¿Lo va a castigar, Padre? No irá a sacarlo de la parroquia, ¿no?

—¡No! ¡Que no venga a jorobarnos la *Congre*! ¡Tenemos que fundar de una vez, y basta de obispo!

—¡Ah, no! —clamaron varios. —¡Antes se las va a tener que ver con nosotros! —¡Lo fajamos!

El padre Quico soñaba con fundar su propio instituto y liberarse de la molesta sujeción a un obispo. Éste ya lo había amenazado, alguna vez, con enviarlo de capellán de las monjas de Mar de Ajó, si seguía con sus campañas.

Pero de eso no dijo nada a sus discípulos. Al contrario, los calmaba y alentaba:

–No se preocupen, que nadie habla de cambios. Y, por otro lado, muy lejos no me puede mandar, ¡y donde vaya a parar, la seguimos! Hay que ser vivo, tener paciencia, y asegurar un buen contacto más arriba. ¡Nosotros no somos tan zonzos como para dejarnos borrar de un plumerazo!

Se sentía un estratega eclesial.

Aunque, en realidad, él tampoco quedaba tan tranquilo. Porque era verdad que, en esa parroquia, tenía asegurado un pequeño bastión para sus planes y su lucha. Pero si lo cambiaban, a pesar de sus contactos en altas esferas y su astucia de diplomático florentino, sería para cortarle las alas, definitivamente.

–¿Por qué no vendrá un nuevo obispo, que nos deje en paz? –alguno soñaba despierto.

Otro se permitió expresar un deseo, que por cierto era bastante compartido:

–Lo mejor sería que el *Monse* se muriera.

–¡Sí! –asintieron varios. –¡Que Dios se lo lleve!

Interrumpió el Fundador, asumiendo un aire casi místico:

–No hay que hablar así. Porque si Dios quiere nuestra pequeña obra, ella va a prosperar pese a quien pese y caiga quien caiga.

Y aunque la pose no era muy convincente, asintieron todos y quedaron más tranquilos, ante esa voz que tenían por inspirada.

La reunión terminó, porque ya se había hecho tarde, y los Cruzados del Sur se fueron, cada uno a su casa, a dormir.

Al día siguiente el padre Quico celebraba la misa a las doce. La concurrencia era más familiar, por lo que el predicador adaptó la homilía:

–…y así como Jesús envía a los apóstoles y después viene a Él toda la gente de la comarca, así la Parroquia, como centro de la vida de Villa Sylvia, envía a los cristianos fieles a buscar a todos los vecinos que todavía no participan de la vida de la Iglesia…

Casi ignoró la figura de la samaritana. No sabía muy bien cómo tratar el hecho de que Jesús se quedara sentado conversando a solas con una mujer. Sobre todo porque esa tarde no iba a poder vigilar desde el campanario a las parejitas que se sentaban en la plaza, como era su costumbre.

Al contrario, a la puesta del sol el padre Quico era uno más que ingresaba a la Casa de Ejercicios, con sus colegas sacerdotes, para someterse a las meditaciones del Pastor de la diócesis.

Iba preparado: llevaba consigo algún material de espiritualidad más de su gusto que lo que podía ofrecerle el predicador del Retiro, y, por si el obispo desvariaba de la buena doctrina, papel de carta para escribir al nuncio la correspondiente denuncia.

Además, abundantes espirales para espantar mosquitos, y, entre otras cosas para entretenerse y escondido en el fondo de la valija, el ultra secreto proyecto de reglamento de su propia congregación religiosa, para seguirlo trabajando.

Martín, Aquiles
y el Gordo,

lo bueno, lo lindo y lo feo

El auto estacionó en la puerta de la casa parroquial de Villa Los Sauces. Era un lindo chalet de ladrillo a la vista, techos de teja y amplios ventanales. Hacía juego, en menor escala, con la similar construcción de la iglesia, que se levantaba en un alto, entre los pinos, como dominando la Villa e invitando a todos a elevarse sobre el bullicio de tanta gente.

Terminada la misa vespertina, ya no quedaba nadie en la parroquia.

–¡Vamos, *Gordo*! –gritó el padre Martín desde la puerta.

–¡Ahí voy! –contestó el padre Celso desde la ventana. Se hizo esperar un rato. Una vez abajo, y subiéndose al auto agregó:

– ¡Uf! ¡Qué calor! ¡Y qué de mosquitos! Ya pensaba que no me iban a venir a buscar.

Gordo como era, Celso Foffo tardó un momento en ingresar al vehículo y acomodarse en el asiento del copiloto. Siempre transpirando copiosamente, olía habitualmente más a Sancho Panza que a los nardos de los que hablaba el Quijote.

–¿Cómo no íbamos a venir? Si con Aquiles no pensábamos en otra cosa desde el mes pasado.

–¡Mentira! Siempre me dejan de lado. Y encima se burlan. ¡Tardaron un montón! ¡Mucho gusto de conocerte, Aquiles!

Delgado, muy pulcro y de anteojos, Aquiles parecía más un seminarista habitué de la biblioteca que un aprendiz de cura rural. Recién instalado en la principal parroquia de Pinamar, acompañaba con entusiasmo al párroco. Con su rostro bonito, desde su llegada se convirtió en el amor imposible de las jovencitas del grupo juvenil. Aunque era consciente de la situación, él ni flirteaba ni lo disfrutaba.

En realidad, después de terminar el Seminario, antes que convertirse en el ídolo de las chicas hubiera preferido seguir estudiando. Pero sus prioridades no eran las del obispo, y por eso, en lugar de haber sido enviado a alguna universidad eclesiástica, se estaba estrenando como flamante sacerdote entre las comunidades de tierra adentro y la pastoral del turismo.

Tal vez había tenido suerte. Porque, en lugar del encierro entre los libros, ahora lo suyo era campo abierto y puro aire de mar. Y hasta había retomado el golf, que jugaba de chico y había dejado como parte de su ofrenda en el altar de la vocación.

–¿Y por qué tardaron tanto? –volvió a preguntar Celso.

–¡No fue tanto, che! Un ratito, nomás, que se demoró Aquiles en volver del golf –le respondió Martín, su párroco.

–¿Qué? –se quejó el padre Celso. –¡Un cura no puede andar jugando al golf! ¡Y menos un domingo!

Ignorando la crítica, siguió explicando Martín:

–Yo le pedí que participara en el torneo del Club, con los jóvenes del barrio. ¡Que juegue, ya que sabe y le gusta! Es una buena oportunidad de encontrar a otros muchachos que nunca vienen a la Parroquia.

Aquiles escuchaba, divertido. Martín seguía contando, muy entusiasmado:

–Más aun, le pedí que viera, con los jóvenes, de organizar un torneo parroquial, como dice Ricky que hacen en sus pagos.

–Ricky dice que en las diócesis de Irlanda es muy común –agregó Aquiles. –¡Nos prestan la cancha, y la tenemos al lado! Claro que, si tuviéramos cerca una cancha de fútbol, haríamos torneos de fútbol.

–En ese caso, a mi edad, yo no podría participar –aclaró Martín –. En cambio al golf, tal vez me le anime… ¡A vos también te haría bien, gordo!

Fruncía el ceño el Gordo Celso, mientras escuchaba las explicaciones. Y volvió al ataque:

–Vos sabés, Martín, que a mí esas cosas me parecen elitistas y de ricachones. Yo estoy en otra línea pastoral.

Martín arqueó las cejas. Como Celso parecía querer discutir, no dijo nada. Dobló en la calle de salida hacia la ruta y aceleró.

Como en tantos otros pueblos, en la Costa Atlántica, el acceso desde la ruta costera recorría médanos sombreados de acacias y álamos, en una doble fila o en un bosque cerrado, con follaje todo el año. Esa tarde les ofrecía buen reparo, contra el fuerte viento con que el mar parecía querer empujar todo y a todos lejos de sí.

Aquiles, también evitando discusiones, se permitió bromear:

–Aunque no lo crean, la presencia de un cura en la cancha le hace bien a la gente. Mejor dicho dos, porque Ricky también juega. Antes los jugadores, cuando la pelota se les iba al agua, decían gruesas palabrotas. En cambio al vernos elevan jaculatorias.

–¡Ja! –festejó Martín. –¡Jaculatorias de grueso calibre!

Celso optó por cambiar de tema, y dándose vuelta y mirando a Aquiles le preguntó:

–¿Y qué tal te trata tu párroco? Parece que no te da de comer…

–¡Al contrario, en la parroquia se come muy bien! –respondió Aquiles.

–¿Y vos no tenés vicario, en una parroquia tan grande? –le preguntó, a su vez.

–Todavía no –le contestó. Y agregó:

–Es que a mí el *Monse* no me hace gancho, como a otros. ¡Al contrario! Me parece que ya me quiere sacar. ¡Que no se le ocurra, porque me muero! Está bien que no tengo doscientos chicos en catequesis, como había en otros tiempos, y tuve que suspender algunas misas el fin de semana, y ya no tenemos casamientos, pero tenemos una línea pastoral más comprometida y preferimos concentrarnos en los pobres. Ya no es una parroquia casamentera, con catequesis anticuada y conciertos pitucos. Ahora, en cambio…

Martín lo interrumpió. No quería escuchar otra vez las proclamas liberacionistas, y furibundos ataques a los párrocos anteriores, con que el padre Celso solía disimular su falta de éxito con los parroquianos. Éstos habían desertado la parroquia cuando les cambiaron el cura, y preferían hacer unos kilómetros siguiendo al querido padre Pepe.

En la parroquia actual, a la que había llegado luego de hacer desterrar al anterior párroco con intrigas y calumnias, Celso había anunciado y prometido una renovación total. El primer día lanzó una proclama de solemne refundación de la Parroquia, que desde ese momento iba a dejar de ser *elitista, de turistas y ricachones*, como decía, para dedicarse a *los pobres y marginales*. Pero, de hecho, la mayoría de la gente, grandes y jóvenes, turistas y residentes, propietarios y empleados, casi todos huyeron, al grito de:

–¡Más qué refundarla, éste la refunde!...

Ya había sucedido lo mismo en sus cuatro parroquias anteriores.

En la de Aguas Verdes había empezado bien, hasta que echó a los gritos del salón parroquial a las señoras de la cofradía. Habían organizado el té mensual y se habían olvidado de invitarlo.

En la de Mar Azul había maltratado, varias veces, a las mamás de los bebes que lloraban en los bautismos, y había hecho salir a dos de ellas por amamantar a sus bebes en público. Armado de micrófono, había predicado largo rato sobre el pudor y el escándalo.

Y en la de Ostende se decía que había amenazado de muerte al presidente del Círculo de Obreros, porque nunca lo invitaba a las reuniones y a los torneos de bochas. No se había confirmado lo de la amenaza de muerte, pero Celso se hizo trasladar a otra parroquia porque el aludido, un paraguayo enorme, era muy diestro con el machete. Y el cura ya no dormía de miedo.

Por eso aceptó cuando el obispo, cansado de oír sus ruegos, lo mandó a La Herradura, un pueblito escondido no lejos de Pinamar. Cuando se le pasó el pánico, y empezó a sentir las estrecheces de su nuevo y miserable destino, pidió cambio otra vez.

Y tras ardua campaña, y con la ayuda de algún padrino, lo había logrado, y había heredado una parroquia grande, con mucho movimiento y, por lo tanto, buenos ingresos. Pero al poco tiempo había entrado en franca decadencia, y el padre Foffo, o *el Gordo Fofo*, como lo llamaban con sorna algunos de sus colegas, siempre encontraba a quién echarle la culpa de sus desatinos.

Por eso, cuando empezó a fabular y a hablar mal de su predecesor, Martín cambió de tema:

–Che, Gordo, parece que esta vez es el *Monse* solito, el que nos va a dar el Retiro, ¿eh? ¿Será que va a aprovechar para hacer anuncios de cambios, che?

–Espero que no lo cambien a usted, ¿eh? –intervino Aquiles. – Por lo menos no por ahora, hasta que yo aprenda un poco más del oficio…

Martín lo miró por el espejito, y respondió, sonriendo y con aire misterioso:

–Quién sabe…

Martín Nello había sido profesor en el Seminario de La Plata, y desde hacía tres años era el feliz párroco de Nuestra Señora de la Paz. Si Celso era celoso y cascarrabias, para colmo larguero en los sermones y, encima, maloliente, el contraste con Martín era total. Éste, con su permanente sonrisa y actitud positiva, había logrado movilizar a la gente, y no sólo llenaba la iglesia los domingos sino que ya había empezado la construcción de dos capillas.

Se había tomado en serio su misión en Pinamar. Para él, como había insistido en el sermón de ese domingo, se trataba de regar los médanos desiertos de la Costa con el agua viva de la gracia divina. Había que hacerlos florecer y dar frutos de santidad, como Jesús lo había hecho con la samaritana.

Siempre alegre y servicial, de trato humilde y fraterno, atraía a jóvenes y adultos, a los de recursos y a los carenciados, y a todos los ponía a rezar y a trabajar, como repetía, *los unos por los otros y todos por Jesús.*

Siguió diciendo, como para intrigar a sus oyentes:

–Tal vez me sacan de la parroquia …¡para jubilarme!, y entonces voy a poder dedicarme al golf, ¡ja!

Celso hizo un gesto de disgusto. Por eso Aquiles agregó:

–¡Y a dar Retiros y confesar curas!

Dicho lo cual el joven vicario, sentado atrás, simuló dormir mientras desgranaba una decena del rosario. El utilitario del párroco no tenía aire acondicionado, pero la ventana semi abierta dejaba entrar un viento refrescante.

René,
el curita de mamá

–Sí, mami, ya preparé todo. No te preocupes. Voy a ser el más lindo…

Bromeaba con ella, pero a sus casi treinta años todavía le tenía miedo. Es que la avasalladora personalidad, y el físico, de su madre eran como para intimidar a cualquiera. Manejaba la pequeña estancia, desde que quedara tempranamente sola, y le sobraba tiempo y ánimo como para tareas docentes, intrigas eclesiásticas y alguno que otro viaje. Si por ella fuera, también podría dirigir un periódico en Mar del Plata y un restaurante en Pinamar. Se tenía fe. Siempre había obtenido lo que se había propuesto. Por ejemplo, para su hijito el cura.

Claro que las dos hijas mayores, hartas de tanta sobreprotección, habían huido con el primer candidato que tuvieron a mano. O del brazo. Antes había desaparecido el marido. Solo le quedaba *el nene*, para el que ella quería lo mejor.

Porque él se lo merecía. Al menos se lo merecía ella. Había logrado que René, al salir de esa ridícula congregación donde lo habían tratado tan mal, se instalara en el obispado de Madariaga. No había podido en Mar del Plata, donde intentó primero, pero el querido *Monse* había sido muy comprensivo. Y dócil.

Por supuesto que ella no había creído nada de lo que se había dicho en esa Congregación, ni de los supuestos motivos para pedirle que se fuera. ¡Mentiras! Lo que ocurrió es que no supieron comprenderlo, y, lo que en él era un sentimiento y un afecto desbordante, para esos mal pensados era acoso, desequilibrio afectivo, promiscuidad, y una cantidad de acusaciones por el estilo. ¡A su nene! ¡Pervertidos!

Por suerte el obispo entendió. Costó, pero entendió. Tuvo que hacer valer sus años de maestra, primero, supervisora pedagógica, después, presidenta de la Liga de Madres, con lo que eso supuso de aguantar a todas las chismosas de la Costa Atlántica, ¡todo por su hijo! Al fin el obispo lo recibió y lo instaló con él. ¡Era lo que merecía! Porque así es como se hacen los obispos, en los obispados. Con elegancia, sumisión, buena presencia, amabilidad con todos…

Miró complacida la estampa de su hijo. Alto, con un rostro perfecto y bien cuidado, cabello negro azabache bien peinado a la gomina. Siempre pulcramente vestido, gracias a los permanentes cuidados maternos, con camisa impecable y gemelos, ¡su hijo iba a llegar lejos! Seguramente en pocos años más sería *Monseñor*, y luego obispo, y ella sería la Señora Berta, la madre del obispo.

Y René compartía los deseos de su madre y promotora. Desembarcar en esa pequeña diócesis era lo mejor que podía haberle pasado. Ya durante los años de formación soñaba con ser obispo, y ahora, convertido en un sacerdote diocesano, trabajaba para eso. No había perdido ocasión de mostrarse con el obispo y de hacerse conocer. Ceremonias, actos litúrgicos, viajes a la Conferencia Episcopal, encuentros aparentemente casuales, todo había sido aprovechado por él para que Excelencias y Eminencias lo conocieran y lo tuvieran en cuenta.

Por suerte, los años de religioso y sus tropiezos no parecían interferir para nada en sus sueños. Tenía una gran carrera por delante. Flotando en la corriente llegaría lejos. ¡Que su antiguo legajo siguiera durmiendo, y que ninguno de sus compañeros del convento se acordara más de él!

Metió en la valija un par de revistas, la cerró, la acomodó en el auto, y volvió a despedirse de su madre. Desde la estancia en Macedo hasta la Casa de Ejercicios tendría casi una hora de viaje. Tiempo suficiente como para prepararse, mentalmente, para cualquier sorpresa.

Se detuvo un momento, feliz, en la galería. Esa enorme galería que daba la vuelta como para tener una vista más amplia sobre el parque y el campo. ¡Cuántos recuerdos! Desde ahí mismo, recordaba, su madre lo miraba jugar con sus hermanas, corriendo entre las palmeras, saltando a la pileta en verano, paseando con un peón en el petiso, siempre bajo la atenta vigilancia de su eterna protectora.

Le parecía escucharla:

—¡Cuidado con el cantero! ¡No pisen las flores! ¡Ahí no, que hay espinas! ¡No lo hagan llorar a su hermanito!

Y justo, como volviendo atrás en el tiempo, escuchó:

—¡Abrigate! ¿Llevás los anteojos negros? Mirá que hay mucho viento. Y andá despacio, que nadie te corre. ¿Llevás repelente? ¡Hay muchos mosquitos! Y llamame todos los días, ¿eh?

Al llegar, se encontró con algunos colegas, que bromeaban mientras bajaban sus valijas y se dirigían a sus habitaciones. Eran los que, como él, no tenían que celebrar misa vespertina los domingos, y por eso eran los primeros en llegar.

Y así fueron apareciendo los demás.

La tarde iba cayendo serenamente sobre todos ellos, como apaciguando el dinamismo que traía cada uno de sus respectivos puestos de trabajo.

No había uno que no deslizara un comentario contrario a la obligación de retirarse. Pero en el fondo todos agradecían la posibilidad de tomarse unos días de descanso, de apaciguar el ritmo, de recuperar energías en el silencio y la oración.

Por suerte el viento se había llevado el calor.

—¡Qué hacés, René! —lo saludaron varios. No era el más popular, precisamente, ya que sus ambiciones eran tan notorias como mal vistas por la mayoría. Pero los defectos de cada uno no impedían una cordial convivencia, en las pocas ocasiones en que eso era inevitable. Fuera de ellas, cada uno prefería estar en su parroquia, dedicarse a su gente, y encontrarse, en todo caso, con los más afines.

—¡Cambiaste el auto! ¡Demasiado nuevo para el gusto del Papa Francisco! —lo cargó uno de ellos.

Allí estaban todos.

Los veteranos, como el padre Chito, siempre armado de bastón y gran sonrisa, y los que él llamaba "curas pichones", como Aquiles y Marcos.

Los más trabajadores, como Braulio y como Pío, y los que no lo eran tanto, como René o el *gordo Foffo*.

Los más extrovertidos, como Juan María, al que llamaban "super sport", que llegaba de remera y bermuda, y los que, por diversos motivos, guardaban sus secretos. Secretos no siempre aptos para todos los oídos, no siempre propios de consagrados. Especialmente los de algunos de los presentes, que sabían que en esos días podía decidirse su promoción, o su ruina.

El Monse
y sus circunstancias

–¡Buen día, *Monse*! –lo saludó el diarero. Todos en la diócesis lo llamaban así. Casi nadie sabía que su nombre completo era Lorenzo Quesada. Pero, aunque lo supieran, seguirían llamándolo por su apodo. Primero, porque era más fácil. Y, segundo, porque su nombre real no le pegaba, ya que la imaginación popular lo asociaba con alguien más bien grueso, sentado ante una mesa muy bien servida.

Su pequeña estatura y físico frágil, sus anteojitos sin marco, y su voz aflautada, no le daban, precisamente, un aspecto de gran presencia y autoridad. Pero igual se hacía escuchar, la gente apreciaba su estilo sencillo y campechano, y eso le bastaba.

Él devolvió el saludo, y cruzó la calle hacia la plaza mirando la fachada de su pequeña catedral. Mezcla criolla de gótico, por la aguja central, y tambo, por los azulejos blancos que cubrían algunos tramos, era realmente fea.

Mientras sonaban las campanas, llamando a misa de doce, respondió otros saludos y caminó con dos familias que, como él, iban a misa.

Como de costumbre, su sermón fue largo y monocorde. Comenzó con la samaritana, siguió con la sed de Jesús, y se extendió sobre los desiertos que un día, por la llegada del agua, se habían convertido en vergeles. Al llegar al de Jericó, después de pasar por los de Mendoza y Dubai, la mayoría de los presentes ya se había desconectado.

Igual lo saludaron cordialmente, al salir, tras lo cual el obispo, satisfecho, entró en la casa donde lo esperaban la cocinera y su almuerzo.

* * *

A la tarde, mientras tomaba mate, revisó la valija que le había preparado Casiana y, muy concentrado, repasó algunos textos importantes que pensaba compartir con sus sacerdotes.

Por suerte para él, la mayoría de su clero le ofrecía una colaboración fiel, eficaz y tranquila.

En general, su vida de obispo había sido, hasta ese momento, todo lo apacible que él había podido soñar, y tal como se la había preparado. Ya desde sus comienzos curiales se había asegurado una vida sin sobresaltos. Luego de muchos años de flotar en las sombras, con ese modo obsequioso de decirle a todo el mundo que sí, había conseguido hacerse nombrar obispo en la diócesis donde sus padres le habían dejado una pequeña estancia. ¿Qué más podía pedir?

Sin embargo, últimamente había estado muy intranquilo, tal vez por algunos problemas de salud, quizás por diferencias con alguno de sus sacerdotes, sin descartar otros problemas todavía más recónditos. ¿Quién puede saber lo que anida en la mente de un obispo?

Distraído como estaba, o mejor dicho concentrado en sus pensamientos, al salir al patio del obispado casi es arrollado por Cachito, el hijo de su cocinera, que irrumpía en bicicleta por la entrada de autos del costado de la iglesia.

–*Oooohhhpp*!, exclamó el chico, ofreciendo como sonrisa el único diente que le había salido donde tendría que haber dos.

Delgado, muy despierto, era igualito a Casiana, la empleada que cocinaba, limpiaba y dominaba en el Obispado de Madariaga. Madre soltera, habían venido con el obispo, al igual que el chofer, y su modo desenvuelto y autoritario, por un lado, y la dependencia del obispo de ella para el mantenimiento de la casa, por el otro, le habían facilitado la conquista del territorio.

Tanto, que si comúnmente la llamaban *Casi*, algunos curas agregaban:

–Casi, casi obispa. ¡Si lo tiene dominado!

–No me parece bien que el obispo viva con una mujer joven y soltera en la casa –dijo un día doña Lulú, la mujer del médico, agregando:

–Tendría que tener, mejor, algún muchacho. ¡La gente es mala y habla!

A lo cual su marido, el doctor Bellini, replicó con picardía:

–¿Para qué, para que entonces hablen peor, diciendo que tiene un amiguito…? Además, tan joven no es. ¡Ya debe estar pasando los treinta!

Y agregó, en defensa de la madre de Cachito:

–Y no sabés lo útil que le es al Monse con los remedios. ¡Es una buena enfermera!

Lo cierto es que, aun siendo bastante joven, Casiana era una mujer de experiencia, y de gran utilidad. Y era verdad que la frágil salud del titular de la diócesis requería constancia con los remedios y memoria para sus respectivos horarios.

Habiendo sobrevivido al encontronazo con Cachito, el obispo fue hasta la farmacia de turno y volvió al obispado.

–Tutto a posto? lo recibió Casiana, imitando la expresión de Luigi, el chofer.

–Sí –le respondió. –Ahora sí tengo todo lo que necesito.

–Le marqué bien los frasquitos, para que no se equivoque al tomar las pastillas –agregó la cocinera.

–No te preocupes. Tengo mucho cuidado. No quiero adelantar el viaje al cementerio…

El pobre obispo tenía que tomar una pastilla para el corazón, en ayunas, y otras tres con un fortificante a base de calcio y cartílago de tiburón, después del desayuno.

El riesgo estaba en que ambas pastillas eras igualitas, blancas y cuadraditas. Si llegaba a equivocar el frasquito y tomaba, por error, tres de la primera, el corazón explotaba.

–¿Ya llegó Luigi? –preguntó.

–Si, vino protestando contra el mecánico, pero el auto ya está listo.

–Eh sí –apareció diciendo el aludido. Y agregó, todavía sin saludar:

–Me hizo *aspettare* una hora, le pegó dos golpecitos en el motor, ¡y me cobró un *oco* de la cara!

–Te habrá cobrado extra por ser domingo. ¿Y vos lo ayudaste? –preguntó el obispo, señalándole las manos engrasadas.

–¡Y sí, encima eso! –protestó el italiano.

El obispo no lo tomaba nunca muy en serio. Estaba acostumbrado a sus habituales exageraciones y arrebatos, y lo escuchaba con paciencia y humor. Tenía la misma edad que él, recién cumplidos los sesenta, y lo conocía desde que, siendo capellán de la cárcel, lo había ayudado a salir y conseguir trabajo, después de cumplir cinco años de condena por estar en el lugar equivocado en el momento más inoportuno.

Pero eso era historia antigua, y Luigi era ahora el más fiel ayudante del prelado y estaba, como un fiel escudero, siempre disponible. Invariablemente vestido de camisa, pantalón y medias blancas, y encima de cabello completamente encanecido, a veces lo tomaban por un heladero o un cocinero.

Es verdad que durante años se había ocupado también de hacer la comida, pero un día se cansó, y, alegando que no le alcanzaba el tiempo para todo, se puso en campaña y consiguió una cocinera.

Con el tiempo ese curioso trío se afianzó, a pesar de que cocinera y chofer no tenían la mejor de las relaciones, especialmente dado el temperamento suelto y espontáneo de Casiana. Imposible hacerla callar, servía la mesa conversando de igual a igual con los invitados, metiéndose con todos.

El obispo le tenía una paciencia casi heroica, y hasta la mantuvo y contuvo, y ayudó materialmente, cuando quedó embarazada y fue madre de Cachito. En ese entonces la gente habló mal de un pintor, que, por esa época, había hecho unos trabajos en la residencia del obispo.

Pero, con el correr del tiempo, todos se fueron acostumbrando a ese cuadro algo original que ofrecía el obispado de General Madariaga.

Los cuatro se subieron al auto, y partieron.

–¡Qué *trabaco*, eh *Monse*, con todos esos curas…!

–No es para tanto –contestó, mientras revisaba su maletín y se aseguraba que estaba el cable de su laptop.

–*Eh, ma sí!* ¡Con algunos, *tutto a posto, ma con otros,* no tiene más que problemas!

Intervino Casiana, siempre indiscreta:

–¿Por ejemplo?

El obispo no dijo nada para interrumpirlos. Hacía años que ya no lo hacía, y los dejaba opinar en su presencia de las cosas de la diócesis como si oyera llover.

Luigi seguía, clasificando sacerdotes:

–Eh, alguno quiere cambiar todo. Otros quieren volver a la Edad Media. *Ci sonno qui soltanto* quieren juntar plata. *Otro, fare carrera. E nessuno parla de l'amore…*

El auto dio la vuelta en la última rotonda, y enfiló por la entrada que llevaba a Villa Esmeralda. Los médanos vivos, redondeados por el viento, fueron dando lugar a forestaciones, barrios y calles arboladas.

Al llegar a la Casa de Ejercicios vieron estacionados unos cuantos autos, en su mayoría modelos viejos, como suelen ser los vehículos de los curas de campo. Unos pocos destacaban, sin embargo, por su lustre y precio, los que no dejaron de despertar comentarios poco amables de Luigi, el crítico del clero.

El obispo se bajó del auto. Estaba algo pálido, y caminó con paso un tanto inseguro. Luigi agarró su valija y lo acompañó, mientras Casiana lo miraba como preocupada.

–¡Cachito! –gritó. –¡Apurate con tu bolso y vení!

Y, dándole severas instrucciones sobre su comportamiento en esos días, desapareció con él por detrás de la casa, hacia lo que serían sus dominios.

Mano a mano
con su Excelencia

Villa Esmeralda amaneció, ese lunes, castigada por un fuerte viento del este. Pero al rato pareció que el mar había renunciado a su intento de desalojar toda la costa, y permitió una virazón que hizo que al viento lo manejara el sur. Las copas de los árboles se agachaban hacia el norte, agradeciendo la refrescada.

Y lo mismo hacían los participantes del Retiro, que empezaron la jornada en la capilla, rezando.

El obispo se acomodó en su silla. Sin sacar la vista de sus papeles comenzó su primera charla de la mañana, dedicada a la importancia de *ir aparte con Jesús para descansar un poco*. Tampoco enfrentó la mirada de sus curas en la segunda conferencia, previa al almuerzo, sobre *el gusto de la oración*.

Los curas seguían los temas con mayor o menos concentración, interés y provecho. A la noche algunos visitaron la capilla, otros se visitaron entre ellos, otros se acostaron temprano.

El martes, sin desaprovechar la oportunidad, varios se confesaron o hablaron con el obispo sobre sus problemas personales, dificultades pastorales, inquietudes intelectuales.

–¿Y? ¿Cómo la va llevando, *Monseñor*? –le preguntó el chofer esa tarde, mientras le dejaba en su mesa, entre papeles misteriosos y sobres muy membretados, el termo, la yerba y el mate.

–¡Bien, gracias, Luigi! –contestó el obispo, que estaba con el padre Marcos. Esperaron en silencio hasta que Luigi se fuera. Éste tenía la costumbre, cada vez que entraba para dejar en el dormitorio alguna ropa, o yerba, o lo que fuera, de quedarse haciendo algo para escuchar lo que hablaban los curas con el obispo.

–Dejá, Luigi, yo me ocupo del mate. Andá nomás…

Esas idas y venidas del chofer, mientras el obispo conversaba con alguno, habían dado lugar a quejas. Molestaba la confianza que tenía o se tomaba el chofer, y más todavía sus conocidos comentarios sobre los sacerdotes de la diócesis.

–¡Eh! –decía. –Estos curas no son como los de mi época. Los que yo conocí de chico eran más rezadores, todos andaban vestidos igual, con la sotana, y siempre estaban en su parroquia. Éstos, en cambio, se visten de cualquier manera, andan de un lado para el otro, y claro, después pasan cosas, la gente habla y muchos se van de la Iglesia.

Pero poco le importaba al obispo si los curas se quejaban. Don Luigi, como la cocinera, no eran modelos de discreción pero le resultaban muy útiles y le solucionaban los problemas prácticos. No pensaba cambiarlos.

* * *

Pío

Salió Marcos, y enseguida volvió a sonar la puerta. Esta vez era el padre Pío.

–Hola, *Monse*, ¿tiene un minuto para este pobre cura?

–¡Por supuesto, Pío, adelante!

Le alegró recibirlo. ¡Cuánto bien le hacía el testimonio simple, el fervor auténtico y el aire de oración que irradiaba Pío! Y era exactamente lo que necesitaba.

–*Monse*, quiero consultarle algo que me tiene inquieto desde hace un tiempito.

El obispo hubiera querido preguntarle por su parroquia, por el colegio, por sus diversos ministerios, por la vida de la gente de Mar de Ajó. Pero no lo hizo. No era una entrevista en la curia episcopal. Era el Retiro de sus sacerdotes, y la prioridad era el encuentro de cada uno con Dios. Si habían dejado todo para venir al Retiro, el obispo no tenía derecho a llevarlos de vuelta, con el pensamiento, a las responsabilidades que él les había encomendado. Ya habría tiempo después, y con Pío, lo sabía, todo estaba en buenas manos.

–Te escucho –se limitó a decir.

–Resulta que cada vez más siento ganas de estar solo y en silencio, para admirar el misterio de la grandeza de Dios. De un Dios que, siendo infinitamente trascendente, se haya hecho uno de nosotros, y haya sufrido y haya muerto por nosotros... El misterio del amor de Dios que lo hace mirarnos, querernos, sacrificarse por nosotros, ¡es demasiado! Es como para pasarse la vida diciéndole ¡te adoro!, ¡te quiero!, ¡te agradezco! Todo lo que hago por la gente, por los chicos, me parece tan poco…

El obispo lo escuchaba y sentía, a su vez, como si una brisa fresca lo acariciara después de una insoportable ola de calor. El padre Pío le abría su alma y le hacía ver, casi con envidia, su devoción profunda, su corazón entregado, su amor a Cristo. ¡Qué distinta habría sido su vida, no solo de obispo, sino mucho antes, si hubiera podido él también disfrutar la soledad, si hubiera aprendido, en los comienzos de su sacerdocio, a hacer de su celibato una escuela de amor a Dios y a cada uno de sus prójimos en Dios! Sentía nostalgia de sus comienzos sacerdotales, cuando visitaba las familias y conocía a los chicos por su nombre, en un trato personal frecuente, de alegre disponibilidad.

Su llegada a Madariaga, pensaba siempre, sin conocer a nadie, sin que nadie se le acercara y se hiciera amigo, había sido como una condena al exilio entre gente respetuosa pero distante.

Paradójicamente, mientras él extrañaba ese tener cerca a la gente, el padre Pío seguía hablando de sus ganas de vivir en la soledad:

–Por eso, muchas veces me pregunto si no tendría que cambiar de lugar, y retirarme a la vida monástica.

–¿Qué? –lo interrumpió el obispo, sorprendiendo a Pío y sorprendiéndose un tanto también a sí mismo. Tratando de reparar su brusquedad prosiguió:

–Quiero decir, ¿estás pensando seriamente en dejar la parroquia para irte a un monasterio?

–Sí –afirmó clara y concisamente, mirándolo a los ojos. Y agregó:

–Quisiera probar, si usted me diera su autorización. Quisiera irme por un tiempo al monasterio de Las Almenas, en Monte Alambrado. El abad es un amigo y sé que me recibirían muy bien.

–Pío, tenés mi bendición. Y mi admiración. En la vida de un pastor de almas hay momentos en que uno quiere elevarse, sea porque te atrae la oración, o porque se hace pesada la carga…

Se quedó pensando. Pío creyó interpretar ese silencio y preguntó:

–¿Será la carga que le ponen encima los sacerdotes?

El obispo le siguió la corriente, respondiendo con humor:

– ¡Esas pueden ser las peores!

Sin quedarse atrás, Pío citó el evangelio, sonriendo:

–¿No seré yo, Maestro?

–No, Pío, vos no sos el más pesado. Aunque te estás poniendo medio gordo, ¿eh? –le contestó.

Pío se retiró, feliz.

* * *

El miércoles amaneció lloviendo, y durante toda la mañana una fuerte tormenta zarandeó la costa. Clima propicio para la reflexión, así como para el descanso eclesiástico. Y también para unos buenos mates.

Después de la charla de la mañana, se juntaron varios en una sala para ese acostumbrado ritual, y para conversar un poco de los temas de interés común.

–Si sigue lloviendo así no voy a poder entrar a mi parroquia… –decía el padre Braulio, cura de tierra adentro.

–¡Y yo tampoco, y tengo el casorio de la hija del organista! –agregó el padre Juan María. Tocándose la cara, redonda y rosada, en un momento exclamó:

–¡Uy, no me afeité! No importa, no me voy a afeitar hasta que salgamos del Retiro.

–Che, ¿qué le pasa a la Casi, que anda a los gritos? –preguntó Braulio.

–Lo estará retando al pibe, para variar –le contestó Juan María.

–Me parece que el barullo viene del cuarto del *Monse* –insistió Braulio.

–¡Ja!, andá a saber. Esa siempre con reclamos –intervino Zacarías, agregando:

–No sé cómo la aguanta.

–¡A lo mejor la está despidiendo! –opinó Juan María.

–¿Vos crees? El *Monse* se muere sin ella –replicó Zacarías.

–Lo cierto es que el almuerzo se está retrasando –interrumpió Braulio, que no estaba de muy buen humor, añadiendo:

–Yo ya me quiero ir, che. Ya me exprimí demasiado y no me salen más buenos propósitos…

Por fin abrió la boca el padre Chito, el anciano y meritorio párroco emérito de Cariló:

–Yo también me iría, pero por otras razones. ¿Saben por qué? ¡Porque a mi edad uno extraña la propia cama!

Se rió, como de costumbre. Completó su pensamiento con un consejo piadoso:

–Pero bueno, ofrezcamos el sacrificio.

Llamaron al comedor. Casiana apareció con los ojos rojos, como si hubiera estado llorando. Efectivamente, había estado hablando con el obispo, y aparentemente no había recibido buenas noticias. Después se había encerrado con el chofer, que parecía hacer hecho causa común con la mujercita, y el primer síntoma de una rebelión en ciernes fue el retraso y el desgano con que la cocinera había preparado y estaba sirviendo el almuerzo, sola.

Los curas advirtieron el denso clima que irradiaba Casiana, y no osaron preguntarle nada. Todos comieron rápido, y se fueron retirando. La mejor opción y la mayor prioridad clerical, en esa tarde lluviosa y triste, era la siesta.

El obispo fue el primero en abrir su puerta, disponible para entrevistas individuales. Entró Luigi y depositó el mate y el termo sobre la mesa. No estaba tan locuaz como de costumbre. Salió enseguida, y entró el padre Quico, el *komeini* de la diócesis.

–Pasá, Quico, sentate… –lo invitó el obispo. Y sin más vueltas, atacó: –Qué lío me armaste el otro día, eh?

El padre Quico no respondió nada. Esperó a ver el grado de gravedad de su situación. Lo menos que quería hacer era provocar al obispo del que dependía su permanencia en la parroquia y en la diócesis, y arriesgar así la conveniente situación de la que disfrutaban él y sus partisanos. Si lograba, otra vez, sobrevivir, tanto mejor.

Pero el obispo volvió a la carga. Se levantó, caminó unos pasos y volvió a sentarse. Era su costumbre, cuando lo que tenía que decir le exigía tomar envión y juntar coraje.

–¿A vos te parece, arruinar un momento de oración con todos los invitados, sólo porque a vos se te ocurre…? ¡Y no es la primera vez! Pero lo que sí te aseguro es que va a ser la última.

El curita no supo, todavía, si con esas palabras le estaban dando, una vez más, una amenaza, o era más bien el despido.

–Pero Excelencia –empezó a defenderse. –Ud. sabe mejor que yo que eso siempre se consideró una profanación. ¡Había mujeres no cristianas sentadas en el presbiterio! ¡Y una pastora, que se las da de sacerdotisa!

–Vos ves profanaciones y peligros en todas partes. Y lo único que había era un encuentro interreligioso, como se hacen en todas partes, hasta en Roma, de gente que se une para rezar. ¿Qué más queremos? ¿O no estamos para eso, para hacer rezar a todos…?

–Que recen donde quieran, pero que no profanen el lugar santo…

–Mirá –lo interrumpió el *Monse*. –Estas discusiones con vos ya me tienen cansado, y tengo cosas más importantes de qué ocuparme. Así que te digo, simplemente, lo que voy a hacer con vos y tus campañas fundamentalistas.

El curita se la vio venir. Si no lograba una tregua, era el fin. Tenía que parar la lectura de su condena, y lograr continuar en su puesto. ¡Había demasiado en juego! En un instante pensó en sus muchachos, en sus planes fundacionales, en su parroquia, …en su propia supervivencia. ¿Dónde iba a ir? ¿De qué iba a vivir? ¿Cómo iba a seguir con su obra? Lo interrumpió:

–Espere, Excelencia. ¿Por qué no me deja rezar estos días y reflexionar mejor? Tal vez estuve mal. Yo sé que Ud. tiene razón en que no era la manera… ¿No podríamos hablarlo de vuelta mañana, o pasado…? ¡Por favor!

Tenía que impedir a toda costa que el obispo escribiera un decreto y, si ya lo había redactado, que lo leyera en público. Porque una vez anunciado y promulgado, su suerte estaba echada.

–Mirá, Quico. La verdad es que dudo que cambies, y no te veo renunciando a tus actitudes de Gran Inquisidor de la diócesis. Lamento decirte que no creo que recapacites, porque estás muy marcado en esa línea. Y estás haciendo mal a esos jóvenes que te siguen. Vos necesitás ir a un lugar donde puedas asimilar este nuevo enfoque de la Iglesia, y donde no caigas en la tentación de formar un ejército de rebeldes. Un año en la Casa de los Focolares te haría mucho bien.

El cura volvió a la carga.

–Excelencia…

El obispo lo interrumpió:

–¡Dejame de excelencia! ¡No se usa más! ¿En qué siglo vivís?

El otro se corrigió. Estaba dispuesto a ceder en todo lo que fuera posible e hiciera falta.

–Perdone, tiene razón. Eh…

–Y no hay más que hablar. Vos andá y aprovechá el Retiro. Rezá, meditá, pedí mucho esa humildad que te hace falta. Esa humildad que se hace escucha, libertad interior, docilidad…

Quico se levantó y quiso besar el anillo del obispo. Pero el *Monse* le escondió la mano. Salió del despacho del obispo lamentando que no le hubiera alcanzado su actuación. No se fue pensando en cambiar, sino en cómo hacer para evitar el desastre:

–¡A la Mariápolis! ¡Ni loco! Casi prefiero la cárcel de Magdalena.

Ricky

El obispo acababa de tomar el primer mate cuando volvió a sonar la puerta.

–Con permiso, *Monse*ñor.

–Ah! Pasá, padre Ricky. Cerrá la puerta. Tomá asiento. Qué tal el Retiro? ¿Estás aprovechando el tiempo?

Antes de que contestara el irlandés, siguió preguntando:

–¿En qué idioma rezás, vos?

–Uh, *Monse*, desde hace tiempo que rezo en castellano. Con cinco años en el campo ya casi no me acuerdo de hablar inglés. Además, de todas maneras ese no es mi idioma. En mi pueblo se habla idioma celta. Y no nos resignamos a cambiar nuestro idioma por el de las fuerzas de ocupación…

–Sí, algo de eso sé. Y por eso estás acá escondido, ¿no?

–Bueno, tuve que escapar porque si me agarraban me encerraban para toda la vida.

–¿Por qué, qué habías hecho?

–Estuve acompañando a los muchachos del pueblo en un ataque, y la cosa se puso fea. Pensábamos asustar a unos soldados, pero nos tiraron con todo lo que tenían, y uno de los nuestros sacó una pistola y mató a uno de ellos.

–Bueno, Ricky, precisamente de eso quería hablarte.

No le gustaba llamarlo así. Prefería decirle Richard, o Donnelly, pero no quería desentonar con el resto del clero, y optó por llamarlo como lo hacían todos los demás.

Aunque era cierto que el tema que tenía que tratar con el irlandés no era el más propicio para bromas ni apodos simpáticos.

Sacó un sobre del cajón, lo abrió y empezó a leer un comunicado de la Fiscalía de Dolores. Era un pedido de captura.

El padre Donnelly se puso pálido. El obispo continuó leyendo. Interpol solicitaba informes sobre varios miembros del IRA, uno de los cuales, sacerdote católico, se sospechaba estaba escondido en el país. Había que responder, bajo juramento, si se conocía su paradero.

El gesto del obispo al dejar el papel sobre la mesa le indicó al padre cuál iba a ser la actitud que iba a tomar. Tenía el ceño fruncido y giraba la cabeza lentamente de un lado al otro, mientras se mordía el labio inferior.

–No sé cómo habrá sido exactamente lo que hicieron –empezó a decir.

–Fue como le dije –interrumpió Ricky, prosiguiendo:

–¡Fue mala suerte!

–Ellos seguramente van a saber discernir las culpas de cada uno –retomó el obispo, mostrando claramente al irlandés que lo iba a delatar. Se levantó y caminó unos pasos.

–¡Pero *Monse*! ¡Me van a dar cadena perpetua! ¿No puede hacer como que no recibió esa carta, y dejar pasar el tiempo, como pasó hasta ahora, y que se olviden de mí..?

–Yo podría quemar esta carta, y hacerme el distraído, y vos seguir escondido en tu parroquia. Pero mi conciencia me lo reprocharía.

El *Monse* se sentó. Ricky no podía creer lo que estaba escuchando. ¿El obispo iba a entregarlo! Y, lo peor, si lo agarraban a él lo iban a hacer delatar a sus compañeros, aunque no quisiera, con drogas y torturas.

Si no pasaba algo que lo impidiera, pensó, era una tragedia.

Zacarías

Entró el padre Zacarías en el despacho del obispo como entraba siempre a todas partes, como una tromba. Alto, delgado, anteojos siempre flojos, inclinado como para apoderarse de una presa distraída, imponía su presencia. No siempre despertando simpatías, sino, en algunas personas, cierto temor, y a veces desconfianza.

El obispo era una de ellas. Lo ponía nervioso.

Zacarías se sentó sin esperar invitación a hacerlo. Desplegó sus largos brazos hacia adelante, asumiendo una pose dominante. Como si el obispo fuera él, y no el ya intimidado *Monse* que tenía adelante.

–Eeeeh, –atinó a comenzar éste, irguiéndose en su sitio, como intentando asumir su papel de superior frente al súbdito.

Pero el otro no se lo iba a permitir fácilmente. Disimulaba, pero para él se trataba de un enfrentamiento previo, como dos guerreros que se estudian antes de atacar.

–¡Sí, *Monse*, acá estamos! Disfrutando unos días de descanso espiritual.

–Me parece que a vos te está haciendo falta un poco de descanso espiritual, sí, porque…

No pudo seguir. El padre Zacarías quería manejar el diálogo para que no se metiera por senderos que, para él, podían ser peligrosos. Por ejemplo, no quería tener que contestar sobre la marcha de las obras parroquiales. Por eso siguió hablando:

–¡Lo bien que nos viene a todos! ¡Y cuánto me alegro especialmente por algunos, que se matan por su parroquia y no paran ni para un día libre a la semana! Por ejemplo…

Y aquí quiso ocupar el poco tiempo disponible del obispo divagando por parroquias ajenas. Al tercer ejemplo el obispo lo cortó:

–Pará, que ahora tenemos que hablar de tu parroquia– acentuando fuertemente el *tu* – Que hay cosas urgentes y muy graves, y la mano viene pesada.

El cura se calló. Y palideció. Había visto el sobre con membrete de *Adveniat*. Prosiguió el obispo, desplegando la carta de Mons. Katrinen, el obispo alemán a cargo de la famosa institución, y empezó a leer:

"Mucho nos duele constatar que el padre Zacarías Currol no solo no concretó los proyectos para los cuales nuestros fieles, generosamente, habían destinado la ayuda, sino que, de acuerdo a las inspecciones realizadas por nuestros enviados, su familia disfruta ahora de un establecimiento turístico (…)".

Pasó el obispo por alto otros párrafos con algunas otras constataciones no menos escandalosas, y leyó el final:

"Por supuesto que el contenido de esta carta permanecerá estrictamente confidencial entre nosotros y usted, para darle tiempo a tomar las medidas que este delito requiere y nuestra Institución reclama".

–¿Te das cuenta lo que hiciste, *Zaca*?

El padre Zacarías había agachado la cabeza, enrollándose como un bicho bolita amenazado, totalmente demudado.

–¿Te das cuenta lo que me están exigiendo, no? Que te denuncie, que recupere los fondos, y que recién entonces les conteste.

Zacarías no se movía. El obispo caminó un ratito, como para calmarse.

–Claro que más me interesa, como tu obispo que soy, que recapacites, te confieses y recién después te pongas en campaña para reparar el desastre que hiciste.

–¿Me puedo defender, antes que me condene? A lo mejor no es todo culpa mía, ¿no?

–Te escucho.

–Bueno, algunas cosas me salieron mal, y me dejé engañar por alguno que me prometió que, si invertíamos el dinero antes de gastarlo, podríamos ganar bastante y edificar mucho más en la parroquia...

Aquí se calló. El obispo le preguntó, bajando la voz y moviendo la cabeza:

–¿Esa es toda tu defensa? ¿A nombre de quién está la Hostería que hiciste?

Ante el silencio del cura, continuó:

–Mirá, la semana que viene presento todo en la Justicia. Preparate, porque es muy probable que todo esto termine en un escándalo y vayas preso por malversación de fondos, ¡de los fondos de la Iglesia! Pero no tengo más remedio que hacerlo.

Cuando el cura lo dejó, el obispo guardó los papeles en la carpeta correspondiente, mientras pensaba:

–¡Este desbolado es capaz de cualquier cosa!

René

–¡Permiso! Pidió el joven sacerdote.

El obispo apuró unos mates. Nunca convidaba. De su mate tomaba él solo.

–¡Adelante, René! Pasá, que hay un par de cosas que tenemos que tratar.

El otro se acomodó en la silla, con toda naturalidad, como si estuviera por jugar a los naipes con un amigo.

Pero el primer comentario del obispo lo desacomodó:

–René Finoli te llamás, ¿no?

–Si, por supuesto, *Monse*, usted lo sabe muy bien.

–¿O será tal vez René Einoll?

El joven cura sintió que le corría un frío por la espalda. Su rostro tomó un tono bermellón. El obispo continuó:

–Porque si tu verdadero apellido es Einoll, tengo aquí el legajo de una congregación religiosa, catorce denuncias de casos de pedofilia, y encima –la voz del obispo se ponía cada vez más áspera y sus ojos lanzaban rayos hacia su interlocutor –¡encima un pedido de captura!

–¡Falsificar los documentos es un delito federal! ¡Vas preso! Y es lo que hiciste retocando tu DNI. Te bastaron dos toques sobre el original, que después dijiste que habías perdido, y en las fotocopias ya nadie se daba cuenta. ¡Y con eso nos engañaste a todos!

–Después fabricaste un legajo impecable, con este otro apellido, y así tapaste, o creíste haber tapado, todos aquellos crímenes.

El curita lo miraba temblando. No podía creer lo que estaba escuchando. Eso era el fin de su sacerdocio, y muy probablemente la muerte de su protectora. Había sido ella la que había ideado la falsificación. Había sido ella la que lo había acomodado con el *Monse*. Había sido ella la que había soñado con ser la madre de un obispo, la envidia de sus amigas, ¡la dueña de casa en un palacio episcopal!

–La mentira tiene patas cortas, y al final todo se sabe –dijo el obispo bajando la voz, como si se lo estuviera diciendo a sí mismo. Y agregó: –pero al final todo se sabe. Y crímenes como los que cometiste no quedan impunes.

René Finoli o Einoll carraspeó. No negó nada. Y a pesar de la gravedad de las acusaciones tuvo ánimo como para preguntar, aunque sin la habitual familiaridad:

–¿Qué va a hacer, Monseñor?

–¿Y qué alternativa tengo? ¿Qué harías vos en mi lugar?

El curita terminó de derrumbarse. Estaba claro lo que se venía. Su suerte estaba echada. Sólo un milagro, o un incendio que terminara con esas pruebas, podrían salvarlo.

* * *

Se retiró René. El obispo quedó un rato solo, con la cabeza entre las manos, como aturdido. ¿Era una pesadilla? ¿Realmente estaba sucediendo? Sufría cada uno de esos casos como si a un hijo suyo, de pronto, lo buscara la policía por estafador o criminal.

Lo cierto es que, aunque no a todos les tenía la misma simpatía, todos ellos estaban bajo su responsabilidad. Eran los sacerdotes que le había encomendado la Iglesia, y a los que tenía la obligación de guiar, enseñar y hacerlos santos.

¡Y a algunos de ellos tendría que entregarlos a la justicia!

Celso

Alguien golpeó la puerta.

—¡Pase! —gritó el obispo, impaciente, con voz cansada.

—Ah, es usted, padre Foffo.

—Padre obispo —lo llamó el otro, zalamero. Y como un reproche atacó, en tono de víctima:

—Usted siempre me llama Celso, o mejor Celsito. ¡Como hermanos, caminando juntos en el diálogo hacia la liberación de los pobres de Yahvé!

—Dejémonos de poesía de la liberación, que tenemos que hablar de cosas muy serias —lo cortó el obispo, que no estaba para perder tiempo.

Celso se detuvo en seco, y ni se atrevió a sentarse. Como era su costumbre, siguió victimándose para evitar un ataque:

—Yo no seré el más inteligente de sus sacerdotes, pero…

Otra vez o cortó el obispo, ya visiblemente molesto:

—Mirá, Celsito, o como quieras que te llame, lo que tengo que conversar con vos es demasiado grave como para que empieces con tus remilgos.

—Vos viniste a la diócesis muy recomendado, pero con un legajo incompleto donde faltaban cosas muy importantes.

Y destapó una carpeta, ante el rostro demudado del cura, que intentó en vano un:

—¡No puede ser…! —Sacó el pañuelo y empezó a pasárselo por el rostro.

El obispo siguió hablando, sin dejarlo interrumpir:

–Sí, vos llegaste recomendado por un vicario general, que entiendo es muy amigo tuyo, y que cada tanto me pregunta por vos. Y trajiste unos informes muy elogiosos del Seminario donde se supone que estudiaste.

Sacó del montón otra carpeta. Y prosiguió:

– Pero veo, entre los papeles que me llegaron, que en realidad intentaste en cuatro Seminarios, y te echaron de tres. Y siempre por el mismo motivo: inmadurez, falta de equilibrio afectivo, etc., etc. No hace falta que entre en más detalles porque supongo que los conocés bien, ¿no? Los habrás leído muy bien, antes de hacerlos desaparecer.

Blanco como el papel, Celso estaba con la boca abierta. Sólo emitía gemidos, como si las palabras del obispo fueran flechas que, para peor, le seguían lloviendo:

–Por otra parte, en las parroquias donde estuviste no hiciste más que desastres. Y después me convenciste de que el padre Uceme tenía dudoso trato con la secretaria, se quedaba con plata de la parroquia, hablaba mal de mí, y no sé cuántas cosas más. ¡Y todo resultó falso!

El crescendo de la voz episcopal se coronó con un golpe de puño sobre la mesa, que terminó de sepultar a Celso en el más profundo silencio. El obispo continuó:

–No solo me hiciste hacer una injusticia con él, creyendo tus calumnias, sino que, encima, con el enroque, él quedó en la parroquia que habías dejado arruinada, vacía, como las otras donde habías estado, todo en mal estado, sin un peso. Decí que se la bancó calladito, la está levantando otra vez, y sigue adelante. Pero a mí me hiciste ser cruel con él, y de eso Dios me va a pedir cuentas.

El *Monse* se dio cuenta que no sólo estaba retando severamente al Celsito, sino que casi se estaba confesando con él. Por eso volvió a asumir el tono furibundo de juez supremo y continuó:

–Esto no va más. Estuve pensando cómo reparar lo que estuvo mal hecho, y he tomado algunas decisiones.

Primero, voy a ofrecerle al padre Uceme volver a su parroquia, aunque seguro que no va a querer. Segundo, voy a mandarte al Equipo Psicológico para una evaluación, y si el resultado es el que preveo te espera la reducción al estado laical. Para mí vos no tenés vocación de cura. Para mí vos sos un actor, con serios problemas patológicos que te hacen imposible el sacerdocio.

Celso transpiraba, lagrimeaba y gemía, como un animalito golpeado y malherido. El obispo lo despidió diciéndole:

—Andá a la capilla y encomendate a Dios. Y, cuando lo veas al Pepe Uceme, pedile perdón.

Tomó su último mate. Estaba tibio y feo. ¿O eran las amarguras de las últimas entrevistas lo que le daban al mate un gusto más amargo todavía? Repitió algunas abluciones inevitables, y salió hacia la capilla.

Pepe

En el pasillo se encontró con el padre Pepe.

—¡Ah, padre Uceme! Con usted quería hablar. ¿Tiene un minuto?

Lo hizo pasar, pensando:

—Esta no me va a ser fácil….

El padre Pepe estaba de buen humor, más relajado, por obra y gracia del Retiro y, especialmente, por las dos horas de siesta. Estaba cómodo, de remera, pantalón de verano y alpargatas.

En otras circunstancias, por ejemplo el domingo al salir de lo del gallego, tal vez hubiera estado con ánimo más beligerante para con el culpable de sus desventuras. Pero no tenía ganas de pelear.

—¡Qué tal la estás pasando? —preguntó el obispo, volviendo a tutearlo.

No sin humor, aprovechó Pepe para replicar:

—¿En el Retiro, o en mi nueva Parroquia?

El Monse sintió el impacto. Pensó:

—Este desgraciado no va a perder la oportunidad de pasarme la cuenta. ¡Me lo merezco!

Evadió ese tema espinoso, haciendo, como hacía muy a menudo, lo que había aprendido de otro obispo, que escapaba de preguntas embarazosas con el "botón espiritual":

—¡En el Retiro, en estos días de gracia que nos da el Señor! Dios nos dice, como en el Evangelio, *vengan aparte a descansar un poco..!*

–¡Ah! –concedió el padre Pepe –¡bien! Siempre hace bien un descanso.

Y para no desentonar con la onda mística, agregó:

–Siempre hacen bien unos días dedicados a la oración.

Se hizo un silencio. El obispo empezó a arrepentirse de haberlo hecho pasar. Y el otro, sin apuro, esperaba que el Monse hiciera el gasto de la conversación.

–Decime, Pepe, vos debés estar medio enojado conmigo, ¿no?

El silencio de Pepe fue la peor respuesta. Incomodísimo, el obispo empezó a juguetear con el mate que, frío como estaba, ya no servía para otra cosa. Continuó:

–…Eh… Vos sabés que ser obispo no es fácil. Y uno tiene que hacer cosas que no a todos les caen bien…

Le gustó su frase y la repitió:

–¡No es fácil contentar a todos!

Pepe empezaba a fastidiarse. Pensó:

–¿Para qué me llamó? ¡Lo hecho, hecho está! ¿Para qué revolver lo que no va a remediar?

Igual aprovechó para lanzarle una estocada:

–Pero tiene la ventaja de que no tiene que dar explicaciones, ¿no? El obispo dispone y los curas obedecemos. Si quiere castigar a uno y premiar a otro lo hace, y si se equivoca es por permisión divina y que el tiempo lo arregle.

El obispo acusó el impacto. Bajó la vista, como estudiando algo entre la yerba. Le dio rabia, porque el cura había puesto el dedo en la llaga. Sintió que lo odiaba.

Pero Pepe ya estaba jugado, así que siguió el ataque:

–Y ya que estamos, le digo lo que pienso. Usted se dejó llevar por calumnias, se las creyó todas sin darme ninguna posibilidad de defenderme. Se olvidó de mis derechos humanos y dejó que la gente creyera que yo estaba castigado por cualquier crimen de los que están de moda. ¡Ni una explicación!

El obispo se contenía. Tenía ganas de echarlo del despacho. Tenía ganas de echarlo de la diócesis. Lo que estaba escuchando era como un hierro caliente que le ponían en la cara, y, sin embargo, ni se movía ni reaccionaba. Porque no tenía defensa. Era la pura verdad.

Empezó a odiarse a sí mismo, por haber sido tan débil con Celso, tan injusto con Pepe, y tan estúpido de haber provocado esa conversación.

Éste, ante el silencio del obispo, completó su descarga:

—Por supuesto que Ud. me dirá que son los caminos de Dios, que en su infinita sabiduría y providencia todo lo tiene medido.

Y pronunciando despacio las palabras, remachó:

—Y yo, Monse, me la banco. Me banco el cuchitril donde vivo, me banco las sospechas de la gente, me banco el no tener un peso.

El obispo no decía nada. El otro completó:

—Porque todo eso no es para morirse, y va a pasar, y después del invierno vendrá el verano.

Ahí, por fin, se hizo escuchar la voz del pastor:

—Y yo también voy a pasar, y espero que el próximo obispo sea mucho mejor que yo…

—Mire, francamente, no espero demasiado de los obispos que la providencia de Dios nos está mandando, o permitiendo…

Ahí vio el obispo una rendija donde iniciar el contraataque:

—¡Pará, vos no sos nadie para creerte juez de los obispos!

Pero Pepe no le dio el gusto del combate. Respondió con humor:

—¿Yo? Yo no soy juez de los obispos. Más bien soy su víctima…

Esbozó una mínima sonrisa, Y, mirando al obispo a los ojos le preguntó:

—¿O no?

El obispo, que había retomado algo de aplomo, pareció encogerse de nuevo. Haciendo un esfuerzo sobrehumano, para superar la furia que sentía, mirando siempre al mate que tenía entre las manos preguntó:

—¿Vos querrías volver a Villa Los Sauces?

Pepe no podía creer lo que estaba escuchando. Lo había azotado al obispo con violenta franqueza, y ahora éste le ofrecía reponerlo en su antigua parroquia. ¿O no era esa la intención del obispo? Por si acaso, preguntó:

–¿Me está ofreciendo volver, o simplemente me está preguntando?

La pregunta disgustó profundamente al obispo, que reaccionó violentamente:

–¡Ah, no! ¿Pero vos qué te crees? ¿Primero me decís de todo, y ahora me tratás de estúpido? ¡En buena hora te mandé a La Herradura, para que se te bajen un poco los humos! ¡Te va a venir bien un poco de pobreza, de humillarte, de no creerte el juez supremo! ¡Y si te parece que es una tremenda injusticia para tus enormes méritos, la puerta de la diócesis está abierta, para que te vayas donde te traten mejor!

Se había puesto de pie, como invitándolo a irse. A irse, por empezar, de su despacho.

Pepe se levantó y se fue.

Cada muerte de obispo

Después de cenar, salieron casi todos a caminar por el parque. La noche estaba agradable, y mientras algunos rezaban el rosario otros, tranquilamente, fumaban un cigarrillo. El obispo rezaba, en la capilla

El Retiro estaba en la mitad de su curso. Algo se había filtrado, y sospechaban que algo pasaba. Flotaba en el ambiente una especie de inquietud, alimentada entre murmullos en los pasillos penumbrosos de la casa. Al obispo no se lo veía bien. En la homilía de la misa había deslizado otra vez algún indicio de que habría cambios y novedades, al insistir en que había que cultivar la docilidad a la voluntad del Señor. No había pasado un día sin que citara el libro de Mons. Padilla sobre *La docibilitas, escuela de libertad.* Por eso abundaban los comentarios sobre ese tema. El padre Juan María, párroco de Cariló, fue bastante sincero:

–Otra vez con lo mismo, che. ¿Por qué tanta insistencia sobre la disponibilidad? ¿Nos estará por cambiar a todos, otra vez?

Le contestó Zacarías, metiendo un poco de cizaña en el ambiente:

–Y, vos viste cómo es… Cuando un obispo insiste en que hay que estar disponible para todo, por lo general se refiere a sus sacerdotes, más que a él mismo.

Replicó el padre Rojas, cura de Villa Herrera, mucho más dócil a la jerarquía:

–O no. Tal vez se trata también de él, y está por anunciar su renuncia, por mala salud… ¡Vaya uno a saber!

Riendo, con su cara redonda sonrosada y de expresión siempre traviesa, lo interrumpió Juan María:

–Para eso que me nombre a mí su Vicario general, así todos me dicen Monseñor…

Los demás festejaron, aunque todos sabían que, llegado el caso, el candidato natural era el padre Martín.

Mientras algunos bromeaban con ascensos y promociones, otros, con menos ambiciones, sólo pretendían *zafar* de un destino negro.

Pero esa noche se fueron a dormir sin resolver el enigma.

Aunque no todos pudieron dormir. Algunos daban vueltas en la cama, muy preocupados. ¿Cómo evitar una catástrofe inminente?

A la mañana siguiente, sonó la campana para la oración, y esperaban al obispo en la Capilla. De pronto un grito de Casiana los hizo salir al pasillo casi a los empujones.

¡El *Monse*! ¡Se está muriendo!

El primero que llegó fue el padre Martín. Atrás de él entró Luigi. Encontraron al obispo en el piso del baño, más pálido que nunca, haciendo arcadas, agonizando. Temiendo lo peor, Martín le dio la absolución. Lo levantaron, lo acostaron en su cama y le pusieron el pantalón de piyama, porque lo único que tenía puesto era una camiseta.

–¡Luigi, llame al médico, urgente!

Pero Casiana, desconsolada, ya lo estaba llamando. O, mejor, intentando llamar, porque el celular se le caía de las manos apenas empezaba a marcar el número, y con los ojos llenos de lágrimas apenas veía la pequeña pantalla. Luigi le sacó el celular de las manos para hacerlo él.

Los curas empezaron a juntarse en el pasillo.

–¿Qué le pasa? ¿Qué le pasó al *Monse*? –se preguntaban unos a otros. Nadie sabía exactamente. Solo escuchaban la voz de Casiana, que llamaba a los gritos al obispo, como queriendo despertarlo. Su hijito, pegado a ella, también sollozaba por contagio.

El padre Chito entró, preocupado por lo más importante. Y dejando, por un momento, su permanente sonrisa, preguntaba una y otra vez:

–¿Le dieron la absolución?

Cuando llegó el Dr. Bellini, el obispo estaba muerto. Hizo avisar a la comisaría, como era su obligación, e hizo salir a todos del departamento del obispo.

Al llegar la policía, todavía estaba examinando el cadáver. El detective lo saludó cordialmente, porque ya se conocían de previos encuentros.

–¡Hola Claudio!, ¿haciendo de médico de cabecera o de forense?

–Un poco de todo, Alberto, ¡como siempre!

–¿Cómo lo ves? –preguntó el detective, buscando una primera impresión.

El médico le advirtió:

–Lamento comunicarte que levantaron el cuerpo del piso, porque parece que le dio un ataque mientras estaba sentado en el inodoro. Cuando llegué, ya lo habían acostado en la cama.

El policía hizo un gesto de fastidio. Y dijo:

–Y bueno. Qué van a saber los curas de *no contaminar la escena,* como dicen los manuales. Decime, ¿estaba enfermo? ¿Se habrá agarrado una indigestión? ¿O los curas decidieron deshacerse del obispo?

Se conocían, porque habían compartido casos anteriores, y se entendían bien. Y hasta eran parecidos, delgados, siempre algo inclinados hacia adelante, como en pose de estudiar lo que tenían entre manos.

Claudio Bellini era mayor, aunque si no fuera por sus canas nada haría pensar que había pasado ya los sesenta. Casado, con hijos ya grandes, se había jubilado tempranamente de profesor y cardiólogo eminente en Buenos Aires y se había instalado, con su esposa, en un amplio chalet sobre el mar. Y, aunque se resistía, era tan solicitado que había terminado abriendo un consultorio en la ciudad dos días por semana.

Alberto Hoyos, con veinte años menos, tenía también un aire de alguien concentrado y serio. Anteojos, barba de una semana, ceño fruncido casi siempre, era no sólo el jefe de la Policía Científica sino el policía más respetado de la Costa. Su fama de incorruptible respondía no solo a la experiencia de muchos, que habían chocado con él en sus intentos de soborno, sino también en sus antecedentes.

Exalumno de los jesuitas en Mar del Plata, había sido seminarista dos años en La Plata. Pero eso no era lo suyo, y cinco años después egresaba con medalla de oro de la Academia de Policía de Buenos Aires.

Seguía soltero, y su única pasión, después de una jornada de investigación del crimen, era el violín. En eso también seguía los pasos del más famoso detective inglés.

Conocía los procedimientos y los respetaba a rajatabla.

Por eso, más allá de las habituales bromas con Bellini, tomó el caso seriamente, sin descartar un posible asesinato. Cerró el departamento del obispo a los curiosos, y empezó concienzudamente la pesquisa.

Desde el baño llamó al médico:

–Decime, Doc, ¿para qué sirven estos remedios?

Se había calzado sus guantes de látex, y estaba examinando cajitas y frasquitos.

–¿Esto estaba tomando? A ver… qué interesante. ¿Vos sabés que a lo mejor aquí aprendemos algo? ¿Estaban así, sueltas, o vos las sacaste de los frasquitos?

–Estaban así, como que el Monse estaba separándolas.

El médico le explicó los posibles efectos de equivocarse de horarios y pastillas:

–Esas blanquitas, las de la izquierda, son las Digoxina que tomaba para la arritmia. Si tomó más de una de éstas, el corazón no le aguantó. Las pudo haber confundido con estas otras, las de calcio. Si te fijás, ¡son igualitas!

–En ese caso –dijo el detective –se trataría de un lamentable accidente. O un suicidio. Pero los obispos no se suicidan, ¿no?

Pero el médico no había terminado su análisis:

–Por otra parte, un exceso de ese digitálico le tendría que haber provocado vómitos, y cuando yo llegué no había rastros de nada de eso…

–Voy a tener que averiguar si lo limpiaron –agregó el policía. –y descartar que nadie le mezcló a propósito los remedios.

De pronto el médico, olfateando alrededor y frunciendo la nariz, dijo:

–No sé, ¿vos sabés que siento olor raro?

–Sí, yo también, y no es tan raro dadas las circunstancias… –contestó el policía, señalando el inodoro. El médico movía la cabeza con expresión elocuente. E insistió:

–Vos dirás que es coincidencia, pero yo siento olor a almendras… Porque la Digoxina es amarga, pero no tanto. Y este olor… Una de dos. O anoche le dieron torta de almendras, de postre, o esta mañana tomó mate con raticida.

El detective lo interrumpió:

–Dejate de embromar, los raticidas no vienen más con cianuro.

–¡Los nuevos! Pero siempre hay algún paquete de los de antes, en las casas viejas –replicó Bellini, volviendo a examinar los ojos del difunto.

–Sí, ¿pero que envenenen a un obispo, rodeado de curas? ¿Vos crees que en Madariaga puede haber un pichón de Borgia, de los que envenenaban cardenales?   –respondió, burlón, el detective. Y agregó:

–¡Yo no creo! Eso pasó a la historia. Ahora, cuando se quieren sacar de encima alguno, lo jubilan y chau…

El médico pareció estar de acuerdo, y completó:

–Y los Borgia, en realidad, usaban arsénico, que despide olor a ajo, en un preparado propio con fósforo que llamaban *Cantarella*. Como es sabido, el veneno que huele a almendras es el cianuro. ¿No estudian esas cosas en la Academia de Policía?

–Elemental, Watson!, –se defendió el detective, que se suponía conocedor de esos detalles.

–Como sea –concluyó Bellini –la autopsia dirá. Por ahora no hago más que conjeturar en voz alta… Nuestra amiga Nina, y su equipo del laboratorio, nos van a sacar de cualquier duda.

Se sentó a escribir el certificado de defunción. Donde debía determinar la causa de la muerte, dejó el espacio en blanco.

El policía aprobó la idea con entusiasmo:

–¡Es cierto que Nina tiene sucursal en Madariaga! Mejor que se instale aquí por unos días, porque la vamos a hacer trabajar bastante. ¡Y si hay crímenes que investigar en Mar del Plata que esperen, o que se ocupen sus alumnos!

Y agregó, antes de que se fuera el médico, como pensando en voz alta:

–Lo que tengo que averiguar es si fue accidente, o suicidio, o si alguien le mezcló las pastillas, o si le hicieron tomar cianuro.

El médico agregó:

–Por ejemplo con el mate.

Miró alrededor y dijo:

–A propósito, ¿vos viste el mate, por aquí? El Monse tomaba mate desde el alba hasta la tardecita.

–Ahora lo busco –respondió el detective –. Vos andá a esperar la ambulancia. Y no te olvides de pedirle a Nina que le haga un buen análisis de sangre. Y que analice también estos frasquitos. Yo voy a seguir buscando…

Y se puso a revisar los bolsillos del traje del difunto, colgado en la silla, aunque estaban prácticamente vacíos. Miró también la mesa de luz, debajo de la cama…

Abrió la laptop y revisó el contenido.

Estaba en eso cuando llegó la ambulancia, para retirar el cuerpo del difunto.

* * *

Los curas no podían creer lo que estaban viendo. Como si fuera un funeral, uno de tantos en los que habían participado como celebrantes, instintivamente se formaron junto a la ambulancia. Estacionada junto a la entrada, ésta abría sus puertas traseras de par en par para recibir el cuerpo sin vida del obispo, que en lugar de salir en un brillante cajón estaba macabramente envuelto en una bolsa negra de plástico.

¡Era el *Monse*! Y estaba muerto. El médico se subió con los enfermeros y arrancó el vehículo, apuradamente, sin darles tiempo ni para un intento de responso. En silencio fueron entrando de nuevo a la casa.

–¿Vamos a la capilla? –propuso Pío, recordando a todos lo más importante.

–Si, vamos –asintieron varios.

Agregó otro:

–Lo mejor que podemos hacer es echar unos rezos por el pobre *Monse*.

Y así empezó, para ellos, la segunda parte del Retiro espiritual al que los había invitado su obispo. Una segunda parte que iba a calar más hondo en el espíritu de muchos. Y tanto, que Pío, mientras caminaban, comentó a Braulio:

–El *Monse* va a predicarnos ahora con más fuerza, haciéndonos pensar en la realidad de la muerte, el juicio, el infierno y la gloria.

Juan María, que iba al lado, agregó:

–Me hace acordar al cuento del cura que, medio dormido, rezaba el rosario con la gente, en ese pueblito de España, y que cuando empezó a llover, y a tronar, y un rayo sacudió la iglesia dijo de pronto: –*¡Ea, a rezar en serio!...*

–¡Fuera de broma! –replicó Pío. –Estas son las cosas de Dios. Tal vez el *Monse* muerto va a hacer mucho bien a sus curas.

Entrando a la capilla, algunos sacerdotes se disponían, precisamente, a dar gracias a Dios por el regalo que era, para ellos, la desaparición del pastor de la diócesis, de quien dependía su permanencia en sus puestos, su tranquilidad, su carrera eclesiástica, su libertad.

* * *

El detective reunió a todos en el comedor. Mientras varios se servían café, y otros tomaban mate, les explicó que, lamentablemente, había un procedimiento que respetar, que exigía la autopsia del cadáver, la investigación sobre las causas de la muerte, y la permanencia de todos en la casa hasta nuevo aviso.

Ahí saltaron varios:

–¿Y hasta cuando nos tenemos que quedar…? ¡Tengo que ir a la parroquia…!

–Si se murió, se murió. Hay que seguir atendiendo cada uno sus cosas –acotó otro, suponiendo, como casi todos, que el obispo había muerto de muerte natural.

–Vamos a acelerar los trámites todo lo posible –les dijo el detective, sin entrar en esos detalles, agregando:

–Aquí quedamos con un policía, por pura rutina, para empezar la investigación. Dentro de una hora vendrán del laboratorio a tomar a todos las huellas digitales y muestras de ADN. Voy a necesitar la declaración de cada uno, así que los iré llamando. Les pido perdón por las molestias. Cuanto antes terminemos, mejor, así que les agradezco desde ya su cooperación.

En eso irrumpió el chofer en la sala, preguntando:

–Y yo, ¿me puedo ir, señor policía? Yo no soy de los curas, yo trabajaba para el obispo, y el obispo ya no está…

–Lo siento mucho –le respondió Hoyos, –pero se tienen que quedar todos los que estaban aquí cuando falleció el obispo.

Y, sin decir más, se encerró con su ayudante en el cuarto del obispo.

Luigi y algunos curas siguieron protestando un rato:

–¡Qué rompe quinotos este tipo! –dijo uno.

–¡Espero que para mañana ya hayan terminado con todo! ¡Si no, yo me las tomo! –exclamó otro.

Poco a poco se calmaron, y se fueron dispersando.

* * *

Otra vez solo, el detective retomó la pesquisa. El obispo había dejado sobre la mesa su laptop, el breviario y el termo. Miró alrededor buscando el mate, pero no lo encontró. Revisó los cajones del escritorio. En el primero había unas cuantas carpetas, cada una con pocos papeles. Le llamó la atención que el tacho de basura estuviera vacío.

Se puso a leer los papeles. Lo que iba aprendiendo en esa lectura lo sorprendió, por más que conocía historias de curas y sabía de escándalos en la Iglesia.

Al rato sonó su celular. Era Bellini, adelantándole el resultado de la autopsia, No salía de su asombro al escuchar al médico. El aliento del obispo olía a almendras, pero su estómago estaba vacío, por lo que no se podía analizar su contenido. Sólo habían encontrado mínimos restos de metacolchicina, una droga fuerte que, ingerida en ayunas, provoca una intensa diarrea.

Con esos datos, la muerte del obispo podría ser catalogada como accidental. Y ya no haría falta pensar en la posibilidad de un crimen.

Pero la investigación de Hoyos tenía que ser completa. Por eso continuó el procedimiento:

–…¿estaba vacío? Increíble. ¿Cómo alguien puede evacuar todo? Oíme, ¿y el análisis de sangre?

–Nina te lo hace al toque, y te llamo con el resultado.

–Dale saludos, y decile que un día de éstos la invito a festejar otro crimen resuelto…

Colgó, pensando en la bioquímica, soltera como él, siempre extremadamente dispuesta a ayudarlo en sus pesquisas, y que podría ser, definitivamente, una buena compañera:

–Quién sabe, entre tantos crímenes, en una de ésas termino de novio…

Hizo llamar a la cocinera. Esta entró, pálida y temblando. La tranquilizó y le preguntó si sabía qué remedios tomaba el obispo. Ella sabía lo de las pastillas, y el orden en que tenía que tomarlas, para evitar peligrosas complicaciones. Y agregó que, seguramente, el *Monse* se había equivocado, y por eso se había muerto.

–Decime, cuando encontraste al Monse en el piso, ¿qué hiciste?

–¡Llamé pidiendo ayuda!

–Y cuando llegaron a ayudarte, ¿qué hiciste?

–¡Llamé al médico!

–¿Y después? ¿Limpiaste el cuarto, o el baño?

–No, creo que no, no me acuerdo muy bien. ¡Estaba tan nerviosa, y triste..!

–Bueno, no te preocupes. Si te acordás de haber visto algo raro, de haber pasado el trapo por algún lado, o de cualquier cosa, aunque sea una pavada, me decís. Andá, nomás.

Afuera esperaba Luigi, con expresión de profunda aflicción, que al salir Casiana se coló, diciendo:

–¿Ya sabe de qué se murió el obispo? Para mí que los curas lo mataron de disgusto, pobre…

El detective lo hizo salir. Al ratito llamó Bellini. El médico le explicó que afortunadamente habían hecho el análisis de sangre, como era…

Ahí lo interrumpió Hoyos:

–¡Cómo que afortunadamente! ¡A mí no se me escapa nada! ¿Qué encontraron?

–Te quiero decir que si no lo hubieras pedido, nos quedábamos con que las pastillas le hicieron mal al *Monse*. ¡Pero no! La genia de Nina metió todo en el cromatógrafo, y confirmó con una espectroscopía..

–Dale, decime de una vez! –lo interrumpió el detective, que se salía de la vaina por saber el resultado.

Pero Bellini seguía:

–…y el análisis de sangre reveló que, efectivamente, había veneno. El olor a almendras no era por el postre, Hoyos, ¡era, nomás, cianuro! Seguro que en el garaje de la Casa de Ejercicios hay, o había, un paquete de raticida.

Después de esta revelación, se pusieron a buscar, en vano, el raticida y el mate del obispo. Pero no estaban. El pequeño tacho de basura del baño, en el que solía tirar la yerba usada, también estaba vacío.

Llamó a la experta:

–¡Hola Nina! ¡Gracias por los resultados, que ya me adelantó Bellini. Te encargo, cuanto antes, las huellas digitales y los ADN.

Nina le explicó algunos otros elementos, y él siguió:

–¡Sí! ¡Increíble! Pero bueno, nuestro trabajo ahora es no dejar que se escape el que lo hizo. Llamame apenas sepas algo.

Al almuerzo el ambiente está tenso.

El detective se aseguró que estaban todos, y les dijo que su obispo había sido envenenado, que alguien había manipulado las pastillas, y que suponía que el veneno lo había ingerido con el mate, que había desaparecido. Y les hizo saber que tenía orden de allanamiento para revisar toda la casa, y que todos tenían que quedarse, al menos hasta que se completaran los interrogatorios de rigor.

Sin embargo, no reveló todos sus descubrimientos. Por ejemplo lo que había leído en los textos del obispo, que no solo le habían hecho arquear las cejas más de una vez, sino que lo habían puesto al tanto de la situación de algunos de los curas presentes. Varios, descubrió, tenían serios compromisos frente a la diócesis y frente a la Justicia.

Después del almuerzo, impaciente por los resultados, apuró a su amiga del laboratorio.

–¡Te acabo de mandar la carpeta! –le dice Nina, agregando:

–Esto te va a costar más que un festejito, ¿eh?

A ella tampoco le disgustaba el trato frecuente con el policía, todavía joven y soltero como ella.

Dicho y hecho, al rato llegaba una moto y le entregaban un gran sobre blanco. Lo llevó a su habitación y se sentó a leer.

–¡A la miércoles! Esto sí que no me lo esperaba.

El nuevo material era muy interesante.

Por un lado, había varios curas en situación comprometida. Y todos ellos estuvieron con a solas con el obispo. De modo que podrían haber puesto el veneno en el mate, en algún momento, durante sus respectivas entrevistas. Sobre todo si, como se desprendía de los textos y proyectos de decretos episcopales, el obispo les había comunicado que había decidido ejecutarlos.

Su experiencia de algunos años en el Seminario, entre compañeros y curas mayores y muchos comentarios de pasillo, lo ayudaban a interpretar ciertas situaciones y decisiones que, para un profano, no tendrán demasiada relevancia.

Siguió cavilando:

–En la noche del miércoles, después de cenar, mientras muchos salieron a caminar, cualquiera pudo entrar en el cuarto del obispo y ponerle el veneno en el mate que, como siempre, tomaría a la mañana al levantarse.

–Y a la mañana siguiente murió.

–¡*Mmmm!*

* * *

Se dispuso a pasar la tarde entrevistando a los curas.

Fueron pasando varios, típicos párrocos de pueblo, fieles al pastor, como Pío y Braulio, Juan María y los dos más jóvenes. Varios de ellos le parecieron muy simpáticos, aunque algo inocentones.

Se le ocurrió llamar al chofer.

–Dígame, Luigi, ¿hace cuánto que trabaja con el obispo?

–Eh! Tanto que ya ni me acuerdo… ¡Como 15 años!

–Así que lo conoce bien… ¿Cómo estaba, últimamente? ¿Parecía preocupado? ¿Cómo amenazado..?

–Eh.., siempre preocupado, con los curas, que le traían problemas, le pedían de todo y él no podía darles el gusto. Son difíciles, los curas, ¿eh? Usted piensa que porque rezan todo el tiempo tienen que ser todos buenitos y tranquilos, ¡ma no!

–¿Y alguno en particular le daba trabajo, que usted sepa?

–¡Algunos cuantos! Por ejemplo el que le interrumpía las ceremonias en la catedral, el que siempre le pedía plata para cosas que después no se hacían, el que le lloraba porque lo cambiaba de parroquia, donde no hacía más que desastres… Esos no lo querían mucho que digamos.

–¿Y, fuera de los sacerdotes, en el pueblo? ¿Algún funcionario, algún periodista, algún sindicalista..?

–No creo, el obispo era muy bueno con todos, no peleaba con ninguno, siempre tranquilito…

–Bueno, Luigi, muchas gracias. Por ahora no lo molesto más.

El chofer se levantó para irse. Pero con la mano en la manija se dio vuelta y preguntó:

–Si me permite, señor policía, Ud. le dijo a los curas que el *Monse* había sido envenenado. ¿No habrá sido un accidente, nomás, culpa de las pastillas?

El detective volvió a decirle, con una mueca que parecía una sonrisa:

–Gracias, Luigi, después nos vemos. Ah! El cura que le interrumpía las ceremonias, ¿no me lo llama?

El otro se fue.

Pase, padre,
¿usted lo mató?

Quico

–¡Adelante, Padre, tome asiento!

El padre Quico acomodó su sotana, y no sin cierta solemnidad se sentó.

–Dígame, Padre, ¿por qué le dicen *Komeini?*

Ciertamente no era el comienzo que esperaba, y no le gustó.

–No sé de dónde sacó usted eso, comisario. De todas maneras no es lo que interesa ahora, ¿no?

–Si me permite, yo voy a decidir qué es lo que interesa. Como usted sabe no estoy aquí de paseo, sino para investigar un asesinato, así que le agradeceré que me conteste todas las preguntas que considere útil hacerle. Empezando por esa.

Y se quedó mirándolo, como esperando la respuesta. El otro no tuvo más remedio que contestar:

–Son pavadas de mis colegas, jugando con mi nombre, Quico Maini. ¿Por qué?

–Insisto, padre: ¿no es por algún otro motivo? ¿No tiene algo que ver con actitudes suyas, que lo distinguen de los demás?

– Me niego a darle importancia a apodos y pavadas.

–¿Cómo estaban sus relaciones con el obispo?

–Como las de cualquier sacerdote.

–¿No estaban peleados?

–Para nada.

–¿No lo estaba por cambiar de lugar, a raíz de su actuación en la Catedral, cuando el encuentro interreligioso? Y con eso, ¿no se terminaban sus planes de fundar un Instituto religioso?

Quico empezó a ponerse nervioso. Quiso disimularlo, pero el restregarse las manos lo delataba. El detective lo notó, y siguió atacando:

–Es cierto, ¿no? Por lo cual, usted sintió un gran alivio cuando el obispo ya no era un problema. En otras palabras, usted tenía un buen motivo para hacerlo callar, y para siempre.

–¡Momento! –lo cortó el fundador de los Cruzados del Sur.

–Una cosa es que tuviéramos diferencias, y que él no entendiera ni compartiera mis ideales ni mis planes. Pero jamás se me ocurriría ni me animaría a hacer una cosa así. ¡Matar a un obispo!

–Salvo –interrumpió el policía –salvo que, de pronto, estuviera desesperado por salvar su obra, y se animara con algún aliciente externo.

Al decir esto, sacó del cajón una petaca. La mostró al cura y agregó:

–Algún aliciente como éste.

–¿Qué hace usted con eso? ¡Estaba en mi valija! ¿Con qué derecho..?

–Padre, estamos investigando un crimen, y tenemos orden de allanamiento para revisar toda la casa, ¿entiende? Y resulta que encontramos que usted tiene motivos, tiene la oportunidad, y encima tiene cognac en una petaca como para animarse, si es necesario, a hacer lo que sin alcohol no se animaría. O ¿para qué lo tiene?

–Es para la presión. Suelo tomar un trago antes de dormir. No tiene nada de malo… ¡y no soy el único!

Hoyos contuvo la risa. En un instante le pasaron por la imaginación las variadas cosas que encontraron en las valijas de los curas que estaban haciendo el Retiro, desde naipes y petacas hasta dardos y un balero. Se acordó de los dardos:

–Lo cierto, padre Maini, es que usted al obispo no lo quería. ¿O me equivoco?

El otro guardó silencio.

—Porque tener la foto de alguien en un cartón, y ensartarlo con los dardos, muchas veces, no es lo que se dice una prueba de amor, ¿no?

El cura se puso colorado, como un chico descubierto en falta. Mantuvo la vista baja.

El policía se paró, apoyó las manos sobre la mesa y levantó la voz:

—Eso es casi como empezar a matarlo, ¿no? Un poco de desesperación, un poco de alcohol, la ocasión, y ya está. Se terminó la amenaza para su futura Congregación. ¡Que si es una obra de Dios, hay que defenderla a toda costa, caiga quien caiga! Y así fue, ¿no es cierto, padre? ¡Ahora no hay nadie que los detenga!

Quico movía la cabeza, de un lado al otro, con la boca entreabierta, sin decir nada. No quedaban ni rastros de ese aplomo y sus poses de líder con los que impresionaba a sus jóvenes seguidores. Muy a su pesar, lo habían pescado en falta con el cognac y los dardos, y eso había sido como un golpe bajo que lo dejaba desarmado. No podía defenderse, porque era verdad.

—Padre Maini, ¿tiene algo que confesar?

En ese momento alguien golpeó la puerta, y sin esperar respuesta entró. Era Luigi.

—Disculpe, señor Policía, ¿me permite una palabrita, en privado?

Con evidente fastidio, el detective salió al pasillo.

—Eh…, quería pedirle permiso para retirarme. Tendría que llevar a Casiana al médico, porque se siente mal.

Hoyos le contestó:

—¡Nadie se retira! Y si Casiana está enferma, la va a revisar el doctor Bellini mañana.

—Va bene… Y ya que estamos, estuve pensando, ¿no? A lo mejor se pusieron de acuerdo varios curas, que no lo querían al obispo, y le pusieron alguna porquería en la comida…

—¡Vaya nomás, Luigi! Y si no tiene nada que hacer vaya a ayudarla a la cocinera.

—Eh!, si me necesita me llama, ¿eh?

Y el italiano partió. Aunque no le aceptaban sus hipótesis, se fue contento, sintiéndose un eficaz ayudante del señor Policía.

Cuando entró a su despacho, encontró al padre Quico de pie.

–Señor comisario, yo no tengo nada más que decirle. Si no necesita hacerme más preguntas, quisiera irme a mi habitación.

Lo dejó partir, y se quedó pensando:

–¡Mmmmm! Y yo creía que ya lo tenía…

Salió al pasillo y mandó llamar al cura irlandés.

Ricky

–Pase, Padre. Tome asiento. ¿Usted me entiende bien, en castellano?

–Sí, por supuesto –asintió el irlandés.

Después de varias preguntas sobre su origen, traslado a la Argentina, trabajo parroquial, fue al grano:

–Según tengo entendido, usted tiene una causa pendiente en Irlanda, ¿es así?

–Bueno, hubo un problema, hace mucho tiempo, pero ya está superado…

–Superado para usted. Pero no para la justicia de su país, que lo busca por complicidad en un asesinato.

La cosa se complicaba para el cura. No se imaginaba que el detective estaría tan bien informado. Se le ocurrió sondearlo, a ver qué era lo que sabía.

–Mire, señor… ¿Cómo tengo que llamarlo, a usted?

–Mi cargo es Comisario Inspector.

–Eh… Señor Comisario, hay un malentendido en todo eso. Eso fue cuando mi país estaba en guerra con Inglaterra, hace mucho. Peleábamos por motivos religiosos, de ocupación política, había mafias que ofrecían protección a cambio de dinero, etc. Ahora todo eso cambió, porque a todos les interesa más que vengan turistas, empresas grandes que den trabajo…

Cuanto más amplio era el tema de conversación, menos hablarían de Interpol y de sus causas pendientes.

Por lo menos, eso era lo que el cura pensaba. Pero Hoyos no perdía para nada el hilo de su investigación.

–Gracias por ilustrarme. Estoy seguro de que todo es como usted me lo dice. Ahora bien, durante el conflicto usted intervino en un operativo del Ejercito Republicano Irlandés, murió un militar inglés, usted se escapó y ahora lo buscan.

El cura intentó una vez más sacarse el lazo de encima:

–Eran momentos muy difíciles para todos, y…

Hoyos lo cortó:

– Y hubieron curas irlandeses metidos en la guerrilla, ¿no? ¿Usted no era uno de ellos?

El cura se sorprendió de que alguien conociera sus primeros pasos al llegar a la Argentina. Pensó un momento, antes de responder, y se defendió:

– Porque confundieron la lucha de liberación de Irlanda con la supuesta liberación de los oprimidos de Latinoamérica. Y esto tenía más de lucha de clases que de cristianismo. Cuando me di cuenta me vine al campo.

– Bueno, no nos vayamos tan lejos. Volviendo a su caso, tengo entendido que el obispo recibió un pedido de informes, sobre algunos prófugos, y estaba dispuesto a declarar. En otras palabras, como decimos acá en Argentina, lo iba a mandar al frente, ¿no?

Y prosiguió, cerrando la cuerda en el cuello del irlandés:

–El escondite en Médanos ya no le servía. Usted necesitaba urgentemente que algo detuviera al obispo. Por ejemplo, que se muriera, ¿no?

Ahí saltó el cura. Y con los nervios empezó a trabucársele el idioma:

–¡Eh, no! Una cosa es que yo me *involvo,* …¿cómo se dice?, que me haya metido en un ataque a *enemis* injustos, asesinos, y otra que mate un *bishop!* ¡Soy un sacerdote!

–¡Sí, pero un sacerdote capaz de juntarse con otros asesinos para matar un militar!

–¡No! Eso fue accidente… ¡Ya le dije que yo no quiero violencia!

Hoyos se puso de pie, y apoyando las manos sobre la mesa, inclinado sobre el cura, lo encaró:

–A lo mejor lo del obispo también fue un accidente. Por ahí usted solo quiso enfermarlo, para que por el momento no pueda denunciarlo. ¿Eso fue?

–¡No, no!...

Ahí terminó, por el momento, el interrogatorio del padre Ricky, que se retiró visiblemente turbado, aunque sin ofrecer al detective ninguna confesión.

–¡Pucha! –se dijo éste. –Si alguno confesara me ahorraría un trabajo enorme, con todos los demás que todavía tengo que interrogar…

Pepe

–Mucho gusto, padre. Usted es el párroco de la Herradura, ¿no?

–Así es.

Pepe estaba serio. No tenía muchas ganas de conversar con el policía. Éste lo hizo sentarse, y haciendo él lo mismo continuó:

–Hace poco que lo cambiaron, según veo. No fue lo que se dice una promoción, ¿no es verdad?

El cura respondió moviendo la cabeza con un gesto ambiguo.

–Por eso, padre, usted tenía motivos para estar enojado con el obispo. Dígame, ¿usted lo quería a su obispo?

–No, ¿por qué?

–¿No es lo normal, que los curas quieran a sus obispos? Debe ser horrible cuando no lo quieren. Porque por ahí se les ocurren cosas, para sacárselos de encima, ¿no?

Pepe no tenía ganas de hablar, pero igual respondió:

–Mire, comisario, cuando me ordenaron de cura yo hice promesas de respeto y obediencia, no de afecto ni cariño.

–¿Y usted lo odiaba? Porque creo que tenía motivos para eso, ¿no?

–Yo no lo odiaba, tampoco. Ya le digo, lo importante no es si era mi amigo o mi enemigo. Lo importante es que cuando me mandó algo, obedecí.

–Y cuando lo maltrató, ¿lo odió?

El cura esbozó una ligera sonrisa.

–Digamos que no me derretí de amor por él, precisamente.

–Así que estaba más cerca de odiarlo que de amarlo. ¿Lo odiaba como para envenenarlo?

Pepe se puso serio. Arqueó las cejas y respondió, sin ninguna delicadeza:

–No sea bruto, señor policía…

–No es que sea bruto. Soy policía. Y acá hay un obispo asesinado, entre muchos curas. Tengo que preguntar a todos y así poder descartar a casi todos…

–Bueno, discúlpeme. No quise…

Haciendo un gesto con la mano, como descartando la explicación, Hoyos prosiguió:

–Usted sabe que yo fui seminarista, ¿no?

–Sí, eso me contaron.

–Así que me va a conceder que algo conozco de su oficio de sacerdote, de cura mitad de ciudad y mitad de campo, acostumbrado a lidiar con dificultades y problemas, muchas veces solo. Desde el Seminario uno empieza a descubrir lo que puede llegar a ser cada uno de los compañeros. Porque así como es un seminarista, así va a ser como sacerdote. ¿Está de acuerdo, hasta ahí?

El otro asintió, lentamente, como pensando en varios…

–Yo conviví con varias especies. Desde el muy callado, que después fue preso por abusar de los chicos, hasta el muy simpático que después sería nuestro primer santo argentino, pasando por el ratón de biblioteca que hoy es arzobispo de La Plata.

El padre Pepe escuchaba en silencio. Con la mirada parecía estar de acuerdo. Y acotó, como pensando en voz alta:

–Nada puede sorprenderle demasiado, entonces…

–¡Nada! Primero, porque cualquiera puede hacer el mismo desastre que hizo el otro, como decía no sé quién…

–Sí, san Agustín.

–¡Nada menos! Nada me sorprende, primero por eso. Y, después, porque los curas no siempre reciben del obispo el apoyo y la comprensión que merecen y necesitan. ¡Y a la inversa, también! Por eso, como conozco algo de lo que usted tuvo que soportar últimamente, es que me atreví a plantearlo de esa manera medio bestia, como usted bien dijo…

Al padre Pepe le gustó, y sonrió.

–Usted sabe más de lo que yo creía, señor policía.

–Por ejemplo, que el obispo a usted lo maltrató, llevado por calumnias, y que usted agachó la cabeza y, calladito, marchó a donde lo mandaron, o, mejor dicho, a donde lo llevaron las intrigas de cierto sacerdote.

–No va a creer que por eso me desquité del *Monse*, ¿no? Puede haber sido cruel conmigo, y, como suele pasar en la Santa Iglesia de Dios, puedo no haber tenido más remedio que comérmela, pero de ahí al crimen…

–Y si descartáramos el crimen, por un momento, ¿qué recursos tienen los curas contra la arbitrariedad o el despotismo?

–Mire, comisario, puede pasar, y lamentablemente ocurre, que un obispo cometa un error garrafal, por haber sido mal informado, o por sus prejuicios, o por estar encaprichado con alguien…

–Y los curas, en ese caso, supongo que hablan con el obispo, le explican, lo ayudan a ver mejor..

–Muchas veces pueden intentarlo. Pero muchas otras el obispo no quiere saber nada, o te concede audiencia a los cuatro meses, o se hace el pajarón… Con los años uno aprende que lo mejor es no discutir. En la Iglesia de Dios no alcanza tener razón. Hay que tener paciencia.

Le gustó su expresión, y la repitió, como pensando en voz alta:

–Es así. Con el obispo, mejor que tener razón es tener paciencia. Porque no siempre les interesa la verdad o la justicia, sino su propia manera de organizar las cosas. Y, por otra parte, Dios tiene que arar con los bueyes que tiene, y se sirve de ellos, aún en esos casos, para llevarlo a uno a donde El quiere. Hay mucho de misterio, entre tantas cosas humanas, en la Iglesia de Dios.

–Pero hay obispos muy buenos, ¿o no? Aunque supongo que la situación ideal, de un buen obispo con buenos curas, todos cooperando en armonía y santidad, …eso no existe, ¿o me equivoco?

–Tal cual, así como la familia ideal tampoco. Hay lo que hay. ¡Y lo confirma la historia! Si llegó a estudiar Historia de la Iglesia habrá visto que han habido obispos muy santos, valientes, mártires, y los han habido amigos del dinero, malandras de doble vida, perros mudos…

El detective repitió la expresión:

–Perros mudos…

–Y claro, obispos que, en lugar de cumplir con su oficio episcopal, de vigilantes, se quedan callados. Imagínese un pastor que se queda quieto y mudo cuando viene el lobo. De esos también hay, hubo y habrá. ¡Qué le va a hacer! Y no hay que ir muy lejos para verlo, ¿no? Aquí en Madariaga, por miedo al poder político, o a las mafias, o a lo que iban a decir los medios de comunicación, el *Monse* terminó apoltronado detrás de un escritorio.

–O porque no tenía mucha autoridad para hablar, con su situación personal…

–¡Por supuesto! Y así fue que nunca pegó un grito contra los promotores del aborto, nunca un puñetazo en la mesa cuando se robaban a las chicas para prostituirlas, ¡no parecía calentarse si los gobernantes eran una banda de ladrones! Y entonces, nadie defendía a los pobres usados para ir a votarlos, ni a los jóvenes enterrados en la droga…

El detective lo escuchaba con atención, como alentándolo a seguir.

–Imagínese si, en vez de estar escondiendo una amiguita, hubiera levantado la voz contra la corrupción. Aquí los únicos que denunciaban las injusticias eran algún periodista y dos despistados en las cartas de lectores del diario local… Mientras, todo el pueblo sigue secuestrado por ladrones disfrazados de políticos. ¿O no? ¡Y no solo Madariaga!

El cura se iba acelerando, e iba ampliando su denuncia a horizontes más vastos:

–¡Vivimos en un país secuestrado por una mafia berreta! Y ¿quién dice algo? ¿Cuántos obispos protestan por los militares presos sin proceso, los programas educativos que corrompen a los chicos, el marxismo en las universidades?

–Entonces el que nombra a los obispos tiene que tener cuidado, ¿no? Y puntería, para elegir bien…

–Sí, pero no siempre se elige al más santo, al más sabio y al más vivo y corajudo, sino al más chupamedia, al más trepador y al más gallina. O, simplemente, al que sabe manejar los papeles de una Curia. ¡Y no basta!

Se quedó pensando, mirando la mesa. Y continuó:

–Pero bueno, no sé si viene al caso todo este discurso. Que de los obispos se ocupe el Papa. Que yo me ocupe de mi nueva parroquia, que vaya si lo necesita. Y usted tiene que encontrar al hijo de su madre que lo envenenó al *Monse*, y no divagar conmigo sobre las falencias de nuestra Santa Madre Iglesia. Así que lo dejo… Claro, si me deja ir. ¿Ya terminó conmigo?

–Usted está muy enojado con los obispos, parece. Espero que no tanto como para andar eliminando alguno…

El otro lo miró con los ojos bien abiertos, como para que el policía pudiera leer en ellos hasta el fondo. Cuando estaba por responder, el detective lo interrumpió:

–Digo en broma. ¿Me lo llama al padre René?

Y se quedó pensando:

–Qué mundo complicado, el de los curas. A veces me hace acordar al nuestro, el de los policías…

René

El siguiente invitado fue, efectivamente, el padre René.

Entró tranquilo, muy seguro de sí mismo, y se sentó sin esperar a que lo invitaran a hacerlo.

–Padre –comenzó el detective –. Usted lo conocía bien al obispo, ¿no?

–¡Claro! –asintió sonriendo el otro. –Yo era su secretario privado. Me tenía total confianza.

–¿Se le ocurre quién podía tener motivos para envenenarlo?

–¡No! Es más, no creo que haya sido un asesinato. Seguramente se equivocó con las pastillas y le falló el corazón. Yo que usted, reviso ese diagnóstico que le habrá dado el buen doctor Bellini. Lo que tenemos que pensar ahora es en hacerle un lindo funeral al pobre *Monse*, como él se lo merece.

–Espere, espere. Por empezar, no es un simple diagnóstico. Está comprobado.

Hoyos empezaba a cansarse del aire de superioridad que adoptaba el curita. Prosiguió:

–Usted probablemente no conoce los elementos con que contamos para determinar las causas de una muerte. Le aseguro que murió envenenado. Y, por otra parte, usted no puede conocer la historia de cada uno de los presentes, como para descartar posibles motivos de asesinato.

–Mire, inspector, como secretario privado del obispo, le aseguro que yo conozco bien…

Lo interrumpió el detective.

–Por ejemplo, usted no sabe si alguno de los sacerdotes presentes vino a la diócesis con el apellido cambiado, para disimular prontuarios y escapar de posibles persecuciones de la justicia.

El padre René se puso tenso. Y el detective lo advirtió. Empezó a frotarse las manos, porque de golpe no sabía qué hacer con ellas.

–¿No es cierto, padre? ¿Cómo es su nombre completo?

–En ese momento el rostro del cura cambió de color.

–¿No lo sabe? ¿No lo tiene ahí escrito?

–Precisamente, aquí tengo escrito su apellido, con dos versiones, Finoli y Einoll. Por eso le pregunto cuál es su apellido verdadero. Usted debe saberlo, mejor que nadie. ¿El obispo lo sabía?

–Para el obispo lo importante era la fidelidad con que yo lo servía.

–¿Y no estaba por tomar una decisión, a propósito de su fidelidad, de su honestidad, de posibles causas pendientes...?

–El obispo era libre para tomar decisiones sobre cualquiera de sus sacerdotes, especialmente aquéllos con los que él sabía que podía contar, como yo.

–Padre, deje de divagar y responda lo que le pregunto: ¿No sabía el obispo de sus antecedentes? ¿O no acababa de enterarse de su verdadera identidad, y estaba por exponerlo y entregarlo a la justicia?

Las manos de René temblaban.

–Y ¿no necesitaba usted hacer algo, cualquier cosa, para impedírselo?

Cual torero que se apresta para la estocada final, se paró con las manos sobre la mesa y atacó:

–¿Y no era la mejor solución envenenarlo y hacer desaparecer esos papeles y mails de la *compu* del *Monse*, en la primera oportunidad? ¡Usted pudo hacerlo muy fácilmente! No lo niegue. Y estoy seguro que los jueces van a encontrar atenuantes en lo que pudo haber sido un acto desesperado…

Pero lo negó. Y lo volvió a negar. Y cuando juró por su madre que era inocente, Hoyos pensó que ni el juramento ni la madre valían gran cosa.

Cuando había salido René, y después de cavilar un momento, escuchó un suave golpecito en la puerta. Era el padre Martín.

Martín.

–¡Padre Martín! –saludó Hoyos. –¡Qué bueno que venga, para el interrogatorio de rutina!

El otro sonrió y entró. Venía con su equipo de mate, que puso sobre la mesa. El detective comenzó con sus preguntas habituales:

–¿Hace mucho conocía al obispo? ¿Tenía algo en contra de él? ¿Sospecha de alguien que pudo tener motivos para acabar con su vida?

El padre Martín respondía a cada pregunta breve y rápidamente. No le dijo al detective nada nuevo. Al cabo, éste cerró la carpeta, sonrió al cura y le dijo:

–Y ahora, ¿unos mates, como en los viejos tiempos?

El cura sonrió.

–¿Cómo andás, Martín? ¡Qué alegría volver a verte, después de tantos años!

–Lo mismo digo, Alberto, o, como te decíamos en el Seminario, *Hoyito*… Me acuerdo cuando recién llegaste, más despistado que no sé qué.

–Tal cual. Y vos fuiste una gran ayuda.

–Mirate ahora, hecho todo un super comisario.

–¡Y nada menos que investigando la muerte de un obispo! Las vueltas de la vida… Y ahora te dejaron a vos a cargo.

–No. Solamente mientras nombran el nuevo. Pero no me cambia nada. Ya estaba acostumbrado a que el obispo me delegara un montón de cosas. ¿Y vos? ¿No te casaste nunca, che? ¿Qué estás esperando?

–Mirá, si seguimos analizando mates y frasquitos voy a terminar casándome con la del laboratorio. Pero bueno, no hay apuro… Contame un poco de los curas. En general son buenos, ¿no?

–Por lo menos hasta donde los conozco, son de oro casi todos. Hay alguno que otro con la mochila medio sucia. Pero pasa como siempre. Mientras hay unos pocos que llaman la atención por algo turbio, hay una mayoría de curas que hacen su trabajo calladitos, se aguantan carencias e inclemencias, están en medio de su gente con una disponibilidad permanente… Vos lo sabés.

–Y sí. Y vos también sabés que, por mi trabajo, yo me tengo que ocupar no de la gente normal y buena, sino de los anormales, los malos, para que no sigan haciendo daño.

Martín se levantó.

–Te dejo, para que sigas haciéndolo. Cualquier cosa me decís.

–No, pará –lo interrumpió el policía. Y haciendo un gesto con la mano, como para que se volviera a sentar le pidió:

–Contame del obispo.

Martín se sentó.

–¿Qué querés que te cuente? Un obispo como cualquier otro. Vos conociste a varios…

–Precisamente, porque conocí a varios quiero saber los secretos de éste… Todo lo que me pueda ayudar para descubrir a la persona que quería verlo muerto. Sus puntos fuertes, sus debilidades, posibles enemigos…

–Nada especial, con el *Monse*. Llegó a la diócesis sin conocer a nadie, vino con su equipito de chofer y cocinera, apenas salía. No creo que tuviera ni amigos ni enemigos.

El policía agregó:

–Es lo que le pasa a muchos obispos, ¿no? Y por ahí alguno se destapa con alguna compañía medio prohibida, ¿no? La soledad puede ser peligrosa…

Al decir esto lo miró a Martín, como si esperara alguna revelación. Pero éste lo desalentó:

–¡Nada que ver! Y menos el *Monse*, pobrecito. Cuando llegó a la diócesis fue bien recibido, por la gente y por los curas. Pero amigos, lo que se dice amigos, o amigas, no tenía. La mayoría lo veía más bien como a un jefe, o un coordinador, al que ibas a ver, por lo general, cuando tenías algún problema,

Acotó Hoyos:

–¡Y después disparaban! ¿Cómo era que decían?: *Del obispo y del doctor, cuanto más lejos, mejor...*

Se rieron los dos. Hoyos siguió diciendo:

–Y el pobre se queda solo, en el obispado, con la cocinera…

–Se supone que se queda con Jesús, que para eso tienen capilla privada con el sagrario y el Santísimo.

–Pero eso es lo mismo para todos los curas, ¿no?

–Es cierto, pero nosotros, por más que andamos a mil entre una cosa y la otra, siempre estamos entre gente, y la gente nos acompaña, y, si querés, ¡hasta nos cuida! El obispo, creo yo, la tiene más difícil… Por eso al que es designado obispo ya se lo supone en un estado de santidad. Si no, más le vale no agarrar viaje…

Completó el detective:

–Tal vez por eso los llenan de adornos, que el bonete, que el coso rojo, que los anillos… ¡Para disimular la carga que le ponen encima, al pobre!

–Algo de eso hay –admitió sonriendo Martín, poniéndose de pie como para irse. Y completó la idea:

–Te llenan de adornos, pero estás en el horno…

Se rieron los dos. Caminaron hasta la puerta y se saludaron con un fuerte apretón de manos. Al despedirlo, Hoyos le dijo:

–Vos cuidate, ¿eh? Tenés una cara de candidato a obispo… ¿Me lo llamás al padre Zacarías?

* * *

Al salir Martín, Alberto se quedó pensando, envuelto en los recuerdos que le trajera su antiguo compañero, unos años mayor, de su experiencia de seminarista. Las clases, los profesores, la comida, las salidas a las parroquias.

Y el momento de decidirse a dejar el Seminario. ¡Qué lucha interior la suya, entre el no querer desilusionar a la familia y los amigos, y el aliento de parte de su guía espiritual a seguir buscando su camino!

Todo había salido bien, y estaba encantado de haberlo hecho. Ser policía era su pasión. Y se había consagrado a su tarea con una dedicación total. Gracias a eso es que había resuelto casos muy difíciles, llenos de riesgos y obstáculos de parte de políticos, sindicalistas, y otros mafiosos poderosos del mundo del juego y la droga. No tenía miedo. Tenía coraje y libertad.

Al rato vuelve el padre Martín.

–Tenemos un problema –le dice. –El padre Zacarías no está. Parece que se escapó.

–¿Cómo que se fue?

–Lo buscamos en su cuarto, en el parque, en todas partes y sin éxito. No está. Lo curioso es que nadie escuchó nada. Bueno, era la siesta…

Interrumpió el detective:

–Y con el ruido del viento nadie escuchó ningún motor, si es que alguien lo vino a buscar.

Agradeció y despachó a Martín, que se fue a seguir buscándolo, y enseguida llamó para pedir orden de captura para el prófugo. Se quedó pensando:

–¡Hijo de mil! ¡Cómo se me escapó! ¡Ahí tengo un gran sospechoso! Pero, lamentablemente, su fuga no descarta a los demás posibles *obispicidas*. –Le gustó su neologismo.

–Eso lo tengo que hacer yo, así que a seguir llamando gente. ¡Qué bien me vinieron los mates de Martín!

Celso

Miró el reloj. Eran las seis. Con razón estaba cansado. Salió al pasillo y se encontró con el padre Celso. Lo hizo pasar y cerró la puerta, pensando:

–¿A quién me hace acordar…?

–¿Su nombre completo es?

–Celso Foffo

–¿De dónde es usted, padre?

–De Rosario.

–¿Y cómo vino a parar a estos pagos?

Celso iba contestando mientras, los brazos apoyados sobre la mesa, se contoneaba como acomodándose en la silla. Si era habitualmente algo amanerado, eso lo acentuaba. Estaba visiblemente incómodo. Contestó:

–Me gustó el lugar. Y el obispo me recibió tan bien… Siempre tuve muy buena relación con él, ¡pobre! ¿Seguro que lo envenenaron?

–Déjeme que yo haga las preguntas, que ése es mi oficio. Dígame: ¿usted no tuvo problemas en los seminarios donde estudió, y por eso estuvo en varios?

–Sí, es cierto que no me fue fácil encontrar finalmente mi lugar en el mundo. Mi opción por los pobres incomoda a muchos…

–Y para encontrar su lugar en el mundo lo ayudaron cuando lo expulsaron de algunos, ¿no?

–Expulsar, expulsar, no. Más bien me sugerían que siguiera buscando en otra parte…

Hoyos tuvo que contener una sonrisa. Durante sus años de seminarista había conocido algunos casos, que también habían sido invitados a "buscar otro camino". La inmadurez afectiva y las maneras afeminadas le parecían tan incompatibles con el sacerdocio como con la carrera de policía. Pensó:

–¡Cómo se les filtró éste, no me explico! Y continuó:

–Y el obispo se enteró, cuando recibió nuevos informes, y estaba decidido a denunciarlo, ¿no? Y usted tenía que evitar eso a toda costa, ¿no es cierto?

Estaba tan cansado que, esta vez, no recurrió a la escena de la estocada. Siguió sentado, formulando sus preguntas en un tono suave. Quería terminar con ese personaje cuanto antes, porque le resultaba decididamente desagradable. Para peor, el candidato seguía contoneándose, como queriendo lograr la imposible tarea de instalar su voluminosa asentadera en los estrechos límites de la silla.

–Mire, padre. De acuerdo a los informes que le enviaron al obispo, y a las decisiones que estaba por tomar, usted dejaba de ser sacerdote y tenía que responder por falsificaciones y otras yerbas.

A Celo se le escapó un gemido.

–Y usted quiso evitar todo eso eliminando al obispo, ¿no?

Celso se puso blanco. Sacó el pañuelo y empezó a usarlo.

–Usted actuó, seguramente, bajo emoción violenta, y eso cualquier juez lo puede evaluar y considerar, a la hora de dictar sentencia.

Celso se cubrió los cachetes de la cara con las manos. Y con un hilo de voz se defendió:

–¿Cómo puede pensar que yo envenené al obispo? ¡No!

–Usted pudo hacerlo, tenía motivos para hacerlo, y lo hizo. Dígalo, simplemente, y veré qué puedo hacer por usted.

–¡Es verdad! ¡Es verdad que lo engañé para que me reciba! ¡Es verdad que falsifiqué los informes, nadie se dio cuenta, ni creo que los haya leído! ¡Pero yo no lo maté!

El cura gemía y lloraba y se apretaba la cara con las manos. Temblaba. Hoyos empezó a preocuparse, temiendo un ataque de nervios. Se levantó y le alcanzó un vaso de agua. Trató de tranquilizarlo. Cuando el cura dejó de temblar lo hizo salir a tomar aire al parque.

Se quedó un rato sentado. Estaba agotado.

–Ya sé a quién me hace acordar. Al trolo que envenenó al dueño del Casino, porque lo engañaba con otro de los mozos. Lo agarré porque el muy infeliz, con el cuerpo muerto al lado, se hizo una transferencia enorme a su cuenta desde la *compu* del finado. Pero bueno, por ahí no pasa de un parecido…

Debía continuar.

* * *

Vibra en el bolsillo su celular. Le avisan que el padre Zacarías había sido detenido en la ruta, en el peaje de Maipú. Iba con un primo que lo había ido a buscar a la Casa de Ejercicios por un problema familiar.

–Sí, Comisario –le cuenta el policía –Nos quiso sobornar a los del control policial, para que lo dejáramos seguir viaje

–¡No le puedo creer! –Alberto constataba que el pobre cura desesperado se hundía todavía más en su ya complicada situación.

–¿Lo necesita de vuelta, o lo guardamos en la Comisaría?

–Mejor tráiganmelo enseguida, así continuamos aquí los interrogatorios.

Efectivamente, a las ocho de la noche, cuando la mayoría de los curas paseaba por el parque esperando el llamado del comedor, apareció un patrullero que frenó en la puerta de la casa. De ahí bajaron, esposado, al padre Zacarías. Con la mirada en el piso, entró tropezando en la casa, y lo llevaron directamente al despacho del comisario.

Zaca

Al llegar le indicó al policía que le sacara las esposas. El cura respiró aliviado, y lo miró agradecido. Lo hizo sentar. Hoyos comenzó el diálogo tratando de hacerlo sentir lo más cómodo posible. Zacarías ya no era el mismo que había irrumpido en el despacho del obispo y había tomado de entrada el control de la conversación. Ahora el águila imperial era un pollito mojado.
–¿Por qué se escapó, padre?
El otro no respondió.
–¿Se da cuenta que, con eso, se pone la soga al cuello? Ahora todos piensan que usted es el asesino del obispo.
Zacarías siguió en silencio.
–Porque motivos tenía, ¿no?, para desear la muerte del obispo. Usted se metió en un zafarrancho financiero del que el obispo no iba, precisamente, a salvarlo.
Hizo una pausa, como para ver si el cura decía algo. Éste sólo atinó a decir, mirando a la mesa y con voz apenas audible:
–Es complicado…
–Ya lo creo que usted se había complicado la vida. ¿Usted sabe que, solamente con lo que hizo en Villa Las Acacias con la plata de la Iglesia, usted va preso? Y el obispo estaba por denunciarlo a la Justicia, ¿no es cierto?
Abrió una carpeta y dejó a la vista los papeles de Adveniat.
–Usted tenía que impedirlo a toda costa y, en su desesperación, pensó que si el *Monse* se enfermaba y se olvidaba de lo suyo, o estos papeles se perdían, Ud., padre, *zafaba*, ¿no?

–¡No! ¡no! –reaccionó el cura, como un animal acorralado que empieza a mostrar los dientes.

–¡Usted no me puede achacar eso! ¡Una cosa es que me meta en líos de plata, y otra que yo sea un asesino, pará..!

–Sin embargo todo apunta a eso, ¡confirmado con su fuga!

–¡Nada que ver! ¡Yo me fui porque acá no se podía respirar, algunos me miraban mal, ya no había ambiente de Retiro ni de nada..!

–Y, seré curioso, ¿a dónde pensaba ir, padre?

–A ver a un primo mío, que es abogado…

–¿De temas financieros, o de temas criminales?

–De todo, qué se yo. Por si acaso.

–¿Por si acaso lo acusábamos de malversación, …y de asesinato?

–¡No! Por si acaso alguno de nosotros necesitaba…

Se quedaron los dos en silencio. El policía lo miraba, esperando que completara la frase. Al cabo de un momento el cura preguntó:

–¿Qué va a hacer conmigo, ahora? ¿Me puedo quedar con los demás?

–Por ahora se me queda en su cuarto, que tiene baño, ¿no?

El otro asintió. Hoyos prosiguió:

–Se me queda ahí, bajo llave. Y mañana veremos.

Llamó al agente, que esperaba afuera, y que, debidamente instruido, se lo llevó.

Revelaciones,
la hora de la verdad

Los demás curas estaban celebrando misa. Hoyos se asomó un momento en la capilla, y se volvió a su despacho. Quería completar la exploración en la computadora del obispo, en la que había algunos archivos que podían tener algo interesante.

Y, efectivamente, si los papeles del obispo lo habían sorprendido, por las referencias a manejos turbios de algunos sacerdotes, lo que encontró ahora fue todavía más asombroso.

Cuando terminó la lectura de lo que había encontrado, se dirigió al comedor, donde ya se habían reunido los sacerdotes, para la cena.

La cocinera apareció con la enorme sopera, los ojos enrojecidos por el llanto, la mirada en el piso. El chofer ayudaba a servir la mesa, y, contrariamente a su costumbre, permanecía callado y ni respondía a los saludos. Se hablaba en voz baja. El detective se sentó en una cabecera libre, como si fuera un cura más. Cuando alguno intentó preguntarle por su investigación, respondió cordialmente con otra pregunta sobre el seminario, y siguió evitando el tema que interesaba a todos. Cuando alguno se puso particularmente insistente, respondió:

—De eso hablaremos cuando terminemos de comer.

Zacarías también estaba, aunque sentado aparte con un policía a su lado.

Efectivamente, al terminar la cena se puso de pie, golpeó su vaso para llamar la atención y les dijo:

—Si me permiten, necesito que me escuchen un momento.

Esperó hasta que se acallaron los últimos cuchicheos, y recién entonces continuó:

–Voy a leerles un texto que el obispo había escrito para Uds. Y, sin más, empezó:

"Mis queridos hermanos sacerdotes, hemos hablado estos días de la próxima venida del Señor en Navidad. Y de las venidas de Dios a cada uno, a través de los otros modos que El utiliza para llegar a nosotros. El viene en Su palabra, en la eucaristía, viene a través de los demás. Viene a muchos por las palabras de ustedes, y viene a Uds., también por la palabra del obispo.

"Estos días les he anticipado algunas novedades. Espero que Uds. tomarán mis disposiciones como inspiradas por Dios. Para alguno ellas tomarán la forma de un cambio de trabajo, de destino, de circunstancias. Espero que todos lo tomen como nuevas etapas en el camino al cielo, a la luz de lo realmente importante, que va a ser dejar un día este mundo para entrar en la eternidad.

"Por mi parte, yo también aproveché estos días para reflexionar y tomar algunas decisiones, y así lo hice.

"Quiero compartir con Uds. lo más importante, que incluye también una confesión. Cuántas veces muchos de Uds. me confiaron sus cosas, como un hijo a su padre. Hoy me toca a mí confiarles a Uds. algo de mi vida, que los va a sorprender.

"He decidido renunciar a mi oficio de obispo. Y lo voy a hacer porque por fin junté el coraje para hacerlo, y para dejar todo eso que yo estaba escondiendo y que me hace indigno de este cargo y de este honor.

"Desde hace diez años convivo con una mujer, con la que tuve un hijo. Pero le he puesto punto final a esta lamentable situación".

El detective hizo una pausa, como para asegurarse de que todos habían entendido lo que acababa de leer. Vaya si habían entendido. Se hizo un silencio mortal. La carta seguía:

"Voy a proveer para ellos con mi patrimonio personal, y voy a retirarme a un monasterio lejos de aquí, de ellos y de Uds.

"Mi decisión está tomada. Les pido perdón desde el fondo de mi alma, así como pedí perdón a Dios por la infidelidad, el engaño y el escándalo.

"Sí, como les dije, tengo pensadas algunas disposiciones que van a cambiar la vida de alguno de Uds., también a mí me llegó la hora de empezar de nuevo. No pensemos que se nos arruina la vida porque tengamos que purgar y reparar. Algunos de Uds. van a sufrir mucho, porque van a tener que dejar privilegios, o van a perder su posición y fama, o van a tener que renunciar a afectos incompatibles con el sacerdocio, o directamente van a reparar una deuda con la sociedad en prisión o en el exilio. Yo, el primero, voy a tener que sufrir casi todo eso.

"Que Dios nos ayude a todos, nos dé fortaleza y, algún día, nos devuelva la paz".

Hoyos juntó sus papeles y se retiró.

Se llevaron a Zacarías.

En un silencio absoluto, los curas, boquiabiertos, no sabían ni qué decir ni a dónde mirar.

Aquiles, completamente desconcertado, fijó los ojos en Martín, esperando su comentario.

Al cabo, algunos fueron expresando, cada uno a su manera, lo que les inspiraba semejante revelación:

—¡Qué despelote!, ¿no? —comentó, muy suelto, Juan María.

—¡El muy crápula! —se le escapó a Pepe.

—Dios lo perdone y lo tenga en su gloria… —sentenció el padre Chito.

—¡Qué hijo de mil…! —agregó Quico.

—Todos tenemos debilidades… —dijo, por su parte, Pío.

—¿No se habrá suicidado, che? —se le ocurrió a Marcos preguntarle, en voz baja, a Aquiles.

—¿Quién será la mina? —fue la reflexión de Pepe, la que no contribuía, precisamente, a elevar el nivel del diálogo.

—En Irlanda pasó lo mismo. Un obispo tenía un hijo de doce años, y cuando lo descubrieron tuvo que renunciar —fue la contribución de Ricky, con más de nostalgia que de sorpresa.

Y así pasaron un buen rato, entre silencios y expresiones de dolorosa sorpresa.

Martín era casi el único que permanecía callado. Todos lo miraban a él, esperando su dictamen.

Lo primero que dijo fue:

–Pobre *Monse*, ¡qué triste final! Vamos a tener que echarle unas cuantas misas por su alma.

Y, como pensando en voz alta, agregó lo que era el sentimiento de todos:

–¡Quién hubiera pensado! Eso lo hubiera esperado más de mí mismo, o de este cachafaz de Aquiles, que del *Monse*…

La mención de Aquiles tenía doble propósito: aportar una nota de distensión, en medio del drama, y disimular los nombres de los verdaderos candidatos a un desastre. Porque si había alguien más insospechado era su joven vicario, que todavía flotaba en las nubes rosadas de su luna de miel con el sacerdocio.

Interrumpió Braulio:

–¡Lo mismo digo!

Sintiendo la mirada de Aquiles, se apuró a aclarar:

–Lo digo por mí, ¿eh?, no por Aquiles…

Y amagó algo parecido a una sonrisa. Como para cambiar de tema, agregó:

–Y a este mocito detective, ¿ustedes le ven uñas de guitarrero, como para desenredar esta galleta?

–Mirá, *Brochero,* yo lo conozco y le tengo fe. –prosiguió Martín. –Pero vamos por partes. Lo más importante es rezar por el *Monse*. Después, tratar de que todo este lío no llegue a la calle, a los periodistas, y se haga un escándalo.

–¡Eso no lo vas a poder evitar! –saltó Juan María.

–Pero tenemos que tratar –siguió Martín. –Porque todo eso le haría mucho mal a la gente. En tercer lugar hay que informar lo que pasó a la Santa Sede, por la nunciatura.

–¡Ya que estás, deciles que nos manden un obispo como la gente! –lo cortó Juan María, sin tapujos. Al decir esto, recibió algunas miradas de sorpresa y reprobación. Era demasiado pronto para eso, le estaban diciendo sin decírselo. Pero empezaron a pensarlo casi todos.

Martín retomó el hilo:

–Y eso también es importante. Que venga un obispo que haga olvidar todo este escándalo con una presencia importante.

Ricky volvió a recordar a su país:

–En todas partes pasa lo mismo. ¡Si lo habremos visto en Irlanda! Los obispos viven en una soledad tan cruel que cualquiera lo acosa y…

Juan María no lo dejó terminar:

–¡Lo acosa y lo acuesta!

–Bueno, se supone que si reza y es virtuoso, y encima medio viejo, no va a correr esos riesgos –aventuró Pío.

–¿Acaso el obispo no se supone que es santo? Así me enseñaron en el Seminario… –replicó Quico.

–Sí, y se supone que es sabio, y que es piola. Pero hay cada gil, que se los comen crudos –agregó Pepe.

–¿Quién, los avivados o las amiguitas? –apuntó Quico, guiñando un ojo a Juan María.

Pepe le contestó en seguida:

–¡Todos! Y pasa como con el *Monse*, que no salía de la cueva. Aunque se ve que tenía sus escapadas. ¡Quién hubiera dicho!

–Ojalá que venga uno que se meta un poco más entre la gente. Yo creo que eso, al final, los ayuda –dijo, como pensando en voz alta, Juan María.

Y siguieron las expresiones de deseos:

Por ejemplo, a Celso, que no había abierto la boca, le pareció oportuno sugerir:

–Y que dé testimonio de pobreza…

–¡Que cuide a sus sacerdotes!, porque todos podemos hacer macanas –opinó Braulio.

–Que le dé bola a los medios, a internet, sin esperar a ser Papa… –agregó el padre Marcos, riéndose a escondidas con el padre Aquiles.

La conversación, que se repetía en otros pequeños grupos, fue derivando a situaciones particulares de los diversos sacerdotes y ministerios, y se prolongó hasta altas horas.

* * *

El viernes amaneció gris, con nubarrones tempranos que amenazaban chubasco. Era como si el día se hubiera puesto a tono con el duelo por el obispo muerto.

Hoyos estaba terminando de vestirse cuando sonó su celular.

–¡Alberto! –era Nina. –¡Tengo noticias! No vas a creer lo que encontré analizando los ADN.

–¿Tan temprano? –respondió Hoyos, sin ni siquiera saludar. ¿A qué hora empezás a trabajar, Nina?

–¡Por vos, a la hora que sea…! Ya sale la moto. Y mejor sentate, antes de abrir el sobre. ¡Un besito!

Le gustó lo del besito, aunque era un hombre serio, y mientras desayunaba se preguntaba qué podía significar ese tremendo anticipo.

Llegó la moto. El policía se disponía a volverse a la ciudad pero Hoyos lo detuvo:

–Por favor, salí afuera, y tirá una piedra hacia el parque. Fijate donde cae, y a esa distancia da toda la vuelta a la casa buscando un mate, seguramente con la yerba usada. Si lo encontrás, recogelo con guantes y me lo traés. ¡Y no vuelvas hasta que lo encuentres!

Se sentó, abrió el sobre y empezó a leer. El análisis de los ADN, mandado a hacer puramente por rutina de procedimiento, revelaba parentescos inesperados.

–¡Ajá! –exclamó el detective, sorprendido ante el hallazgo. –¿Padre e hija?

¡Había coincidencia no sólo entre la cocinera y su hijo, sino entre ambos y el chofer!

Pero eso no era todo. La página siguiente agregaba un dato todavía más impresionante: ¡también había identidad entre el hijo de la cocinera y el obispo!

–¡Zas! ¡No te puedo creer! –se dijo. –Se va complicando la cosa. La mujer con la que andaba el *Monse* no es otra que Casiana, y el Cachito es el hijo de los dos. Y el *Monse* dice en la carta a los curas que estaba por dejar a su amante, ¡y a lo mejor ya se lo había dicho! En ese caso –seguía razonando el policía –la mujer pudo haber tenido un ataque de furia contra el obispo. Pero el crimen no fue violento, sino muy bien pensado. Además, ¿qué ganaba ella con su muerte?

* * *

Después del primer encuentro en la capilla, para el rezo del oficio, los curas se reunieron en el comedor para el desayuno.

Algunos, impacientes, quieren irse. Pero la mayoría acata las instrucciones del detective y se disponen a aprovechar el tiempo para seguir haciendo lo que estaban haciendo.

Es decir, continuar su Retiro, enriquecido ahora con los temas de meditación que les seguía ofreciendo su obispo: la muerte: *muerte cierta, hora incierta;* la fragilidad humana y la facilidad con que hasta el más encumbrado puede caer, y no sólo caer, sino instalarse en una doble vida; el *duro juicio que aguarda a los que mandan;* y, no había que olvidarlo, la fuerza de la tentación de salvarse a toda costa, aún a costa de un asesinato. ¡Cualquiera puede hacer lo que hizo el peor criminal!, habían aprendido en el Seminario.

Ahora esas frases, que les habían parecido solemnes y distantes, parecían comunes y cercanas. Como les era muy próxima la realidad de la mentira y el engaño, y la pérdida del respeto a la propia vocación y a la vida ajena.

Nunca habían participado de un Retiro semejante. Nunca los había conmovido como ahora una predicación. Nunca habían guardado tan espontánea y fielmente el silencio que se les proponía.

Y el lugar más frecuentado era la capilla, donde muchos evitaban, precisamente, cualquier intento de conversación.

Pero después del almuerzo el ambiente se aflojó, y se formaron varios grupitos en el parque. Casi todos necesitaban comentar lo sucedido y compartir lo que estaban sintiendo.

Y si siempre, como es natural, había habido diferencias entre ellos, en sus orígenes e itinerarios personales, sus estilos y prioridades pastorales, ahora todos ellos se fundían en un sentimiento común, mezcla de desconcierto y desilusión, de vergüenza y dolor, de desamparo y necesidad de orientación.

La comunión necesitaba urgente al guía, y por eso el liderazgo natural del padre Martín fue emergiendo, buscado por algunos y aceptado por todos. En realidad, no todos. Pero aunque algunos, en un primer momento, habían desaparecido de los lugares comunes, poco a poco salieron de sus respectivos escondites y se los vio participar.

Pero antes del almuerzo algo había sucedido. El policía que ayudaba en la pesquisa apareció con el mate perdido. Traía una indisimulada expresión de triunfo, y los zapatos y el pantalón tapados de abrojos. Después que Hoyos lo olió varias veces, el eficiente ayudante voló con el mate al laboratorio de Nina, para que ella verificara si alguien había convertido la bebida nacional en un arma mortal.

Por eso no sorprendió al detective el llamado de la experta, cuando se disponía a regalarse con una breve siesta:

–Hola Alberto, te tengo más noticias. En realidad las noticias te las manda el hidrógeno, con que hice la prueba en la yerba de tu mate, y que al contacto con cianuro produce manchas…

Hoyos quería saber el resultado, no los detalles de la prueba. Pero le gustaba escuchar la voz de Nina, y por eso la dejó explayarse. Al cabo de la explicación, estaba confirmado que habían agregado a la yerba un veneno, probablemente raticida, que como tiene un ligero gusto amargo no llama demasiado la atención.

* * *

Agradeció calurosamente a Nina su trabajo, y fue a llamar a la cocinera para interrogarla otra vez. Estaba planchando, en la cocina, con Cachito sentado cerca dibujando. La hizo dejar plancha e hijo, y la llevó a su pequeño despacho. Para no perder tiempo con posibles negativas, empezó mostrándole el texto donde el obispo hablaba de su relación con una mujer, y el resultado con las coincidencias de ADN entre el obispo y su hijo.

–Entendés lo que dice, ¿no? El obispo les dice a los curas que tiene un hijo con una mujer, y los análisis muestran que ese hijo es tu hijo.

En silencio la mujer empezó a sollozar.

Hoyos no se detuvo por eso, y atacó:

–¿Desde cuándo tenías esa relación con el obispo?

Ella siguió sollozando. Hoyos esperó un momento, y repitió la pregunta, agregando:

–No me tengas todo el día, porque no tenemos tiempo para andar a las vueltas. ¿Te acordás desde cuándo, más o menos?

–No me acuerdo… Hace mucho…

–¿Él te había dicho que iba a terminar esa relación? ¿Por eso discutías con él, el miércoles?

Sollozando de nuevo, protestó:

–¡Sí, discutimos, pero yo no le hice nada! Yo nunca le hubiera hecho daño.

–Y Luigi, …que es tu padre, ¿no?

Casiana asintió con la cabeza.

–¿Luigi sabía que el obispo te iba a dejar?

Volvió a sollozar y no contestó. El detective intentó sacarle una respuesta, pero no tuvo éxito. La dejó ir, y se quedó cavilando:

–Este Luigi… ¿quién protege a quién, en esa familia, Luigi a Casiana, o Casiana a Luigi? Estos dos estaban todo el tiempo manejando el mate y los remedios del obispo, así que tuvieron ocasión. ¿Motivo?

Lo fue a buscar a Luigi. Estaba tomando mate en la cocina, conversando animadamente con su hija. Lo llevó al despacho y lo hizo sentar.

–Luigi, estuve hablando con Casiana. Que resultó ser su hija, ¿no es cierto?

El chofer se quedó mirándolo.

–Y usted ¿cómo lo supo? Nadie lo sabe, y mejor si seguimos así, sin que nadie lo sepa…

–En cierto modo tiene razón. ¿Para qué divulgar que Casiana es su hija, Cachito es hijo del obispo, y que el obispo pensaba dejarlos, ¿no?

El italiano empezó a ponerse colorado. Evidentemente estaba levantando temperatura.

–¡A usted le parece! ¡Hacernos eso, después de tantos años de acompañarlo, de ayudarlo en todo, como si fuera… como si fuera…

Hoyos aprovechó para hacerlo engranar y hablar espontáneamente:

–¿Como si fuera el protector secreto con el que ustedes contaban para que nunca les falte nada...? ¿Y que de pronto los quiere abandonar, y dejarlos a la intemperie, a los tres...?

–¡Eh claro! –saltó el italiano. –¡A usted le parece! ¡Usar así a mi hija, tantos años, para tirarla un día a la calle! ¿No es una injusticia, que merece castigo? ¿Y qué va a ser de mi nieto, eh?

–Y por eso ustedes estaban tan enojados con él, como para vengarse, ¿no?

El italiano se frenó. No era zonzo, y se dio cuenta que lo estaban llevando a terrenos peligrosos. ¡Casi lo estaban acusando a él y a Casiana de haber asesinado al obispo!

–¡Eh, no! ¡Nosotros no le hicimos nada!

Y agregó:

–Una cosa es que yo me preocupe por mi hija y mi nieto, y que el obispo estuvo muy mal en querer abandonarlos, y otra querer matarlo, eh! Más vale busque entre los curas, que hay cada uno con cosas escondidas y mucha bronca al *Monse*… ¡Alguno de ésos, o varios, deben ser los que lo envenenaron!

–¿Y cómo sabe que murió envenenado?

–¡Eh, lo dijo usted, en el comedor! Lo escuchó Casiana, y me contó…

–Y usted ¿estaba muy enojado con el obispo? ¿Discutió con él?

–¡No!, no tuve tiempo…

–¿Y Casiana?

–Casiana sí, cuando él le dijo. Discutieron, pero nada más, ¿eh? Ella no le hizo nada.

–¿Cómo sabe? Parece muy seguro, como si usted supiera muy bien quién lo hizo…

–¡No! Pero estoy seguro que fue uno de los curas…

–¿Usted cree que alguno de los curas pudo cambiarle las pastillas?

–¡Eh claro! ¡Todo el mundo sabía lo de las pastillas!

–¿Y lo del veneno?

–¡Ma qué veneno! Yo no sé nada del veneno…

Cuando Luigi lo dejó sólo, llamó a su cuartel general. Pidió, entre otros datos, un registro de las llamadas que habían salido del celular del italiano.

Caía la tarde. Los curas habían organizado una reunión después de misa, para conversar sobre la situación y resolver algunas cuestiones.

El nuncio apostólico, debidamente informado, había propuesto que el padre Martín quedara interinamente como administrador de la diócesis, y que se hiciera cargo de la prensa y del funeral.

En la época de la transparencia y la sencillez, decía el nuncio, era mejor informar simplemente la verdad de lo sucedido: que el obispo no había muerto de muerte natural, y que la policía estaba investigando el crimen para que no quedara impune.

En cuanto a la cuestión de Casiana y su hijo, les encomendaba la máxima discreción, haciendo público oportunamente lo estrictamente necesario y confirmado.

Quedaba a criterio del administrador de la diócesis precisar qué sería eso, y cuándo.

Muy de acuerdo a su estilo, Martín quiso escuchar los distintos pareceres, antes de decidir algo que los obligaría a todos.

—¡Los escándalos eclesiales no tienen que quedar tapados ni impunes! —sostenía Pepe. Lo mismo opinaban, aunque con distintos matices, Quico y Braulio, que ponían como ejemplos algunos casos recientes de alto nivel.

—¡La gente no es estúpida, y merece una explicación! —alegaba Pepe.

—Por lo menos los que nos pregunten cuando les lleguen rumores —acotó Juan María. —¡No les podemos mentir!

Martín, Pío y otros, por su parte, consideraban que había que evitar que el pueblo fiel se enterara de hechos lamentables que podían alejarlos de la Iglesia.

La experiencia y santidad del padre Chito aconsejó que, como al final el Monse se había arrepentido, y estaba dispuesto sinceramente a ofrecer una reparación, se le podía conceder la sepultura conjunta de su cuerpo y su secreto.

Por lo mismo, todos coincidieron en que parecía injusto que en el funeral aparecieran fieles indignados que arrojaran piedras al cajón. Era lo que había sucedido en el entierro del obispo Estornallo, y podía volver a suceder.

–Cuando termine la investigación –concluyó Martín–, si se descubre al culpable y se lo condena, ahí habrá que ver cómo minimizar los daños a la credibilidad de la Iglesia.

* * *

Durante la cena continuaron las conversaciones.

Y esa noche el padre Chito escuchó confesiones sacerdotales como nunca en su larga vida había escuchado.

El Retiro estaba dando sus frutos, y para muchos marcó un nuevo comienzo en su consagración.

Porque no sólo esperaban turno con él, o con Braulio, o con Pío, los que se confesaban todos los meses de distracciones en la oración, de haber tratado con impaciencia a la pesada de la sacristana, de haberse complacido en las ponderaciones de los parroquianos por el sermón del domingo, o de haber tenido ataques de pereza a la hora de apagar la tele y sentarse a confesar.

También había, entre tantos curas, algunos peces bastante más gordos. Estaba el que reconocía haber sido inescrupulosamente ambicioso. Y el que había hecho trampa con ofrendas destinadas a las obras parroquiales. Y el que había hecho sufrir a sus hermanos sacerdotes, por celos y envidias, con mentiras y calumnias. Y el que reconocía frecuentar a una catequista, y no tanto por razones de trabajo con los chicos.

De todo aparecía en esas secretas conversaciones ante el altar de la misericordia, como llama la Iglesia al momento de reconciliarse.

Y los buenos confesores tenían que esmerarse para alentar a los penitentes a afirmarse en sus buenos propósitos y, especialmente, a poner los medios para reparar el daño causado.

¡Qué difícil era para ellos decirles, fraterna y claramente, que tenían que cortar una relación, o devolver un dinero, o pedir humildemente perdón, o perdonar, o renunciar a un puesto, o someterse a un tratamiento psicológico, o incluso, en algún caso, que debían presentarse a la justicia de los hombres como cualquier otro ciudadano!

Y, sin embargo, era lo que correspondía, para que la gracia del momento no se perdiera, para que la confesión fuera sincera y completa, …¡ y para recibir la absolución!

* * *

El sábado llegó lleno de sol. Los rayos de luz se filtraban por toda la casa, como para que no quedara ningún rincón en sombras y ningún misterio sin iluminarse.

Con eso contaba el detective, que se levantó de buen humor, como si lo tuviera ya todo resuelto.

–Luigi, ¿me lleva al pueblo? Tengo que hacer algunas diligencias, y me vendría muy bien un chofer.

– Ma' ¡por supuesto! –contestó el italiano, feliz de poder salir, por fin, del encierro.

–Necesito ir al obispado, después a la Central de Policía, y a una farmacia. Creo que si me deja en la plaza me arreglo, y con dos horas me alcanza. Así que usted disponga de su tiempo, y a las 11 y media nos encontramos en la Curia y nos volvemos. ¿Le parece bien?

–¡Eh, *perfetto*!

Y partieron. Hoyos iba revisando sus papeles, así que viajaron un rato en silencio. Ya casi llegando el chofer no pudo evitar sacar el tema:

–Y ¿cómo va la pesquisa, Comisario?

–Bastante bien, por suerte. No puedo darle detalles, pero ya lo tenemos casi resuelto.

–¡Eh, ya me imagino! Estos parecen todos buenos, pero nunca falta alguno que esconde algo.

Hoyos se bajó, y el chofer continuó su viaje. Mientras el detective entraba en el obispado, un auto siguió al chofer. Este hizo tres cuadras y se bajó. Caminó unos metros y entró en un chalet en cuya entrada brillaba una chapa en la que se leía: Estudio Pérez Chavo, Abogados.

Al rato salió, hablando por teléfono. Entró en el auto y se quedó sentado un rato, con el celular pegado a la oreja. Arrancó, y se dirigió al obispado. El auto que lo seguía estacionó cerca y ahí se quedó. El chofer entró y se encerró en su habitación, a esperar la hora del regreso a Villa Esmeralda.

Hoyos salió del obispado y se dirigió a pie al estudio de los abogados Pérez Chavo. Al rato volvió a encontrarse con Luigi, y juntos volvieron a la Casa de Ejercicios.

Al llegar, casi a la hora del almuerzo, el detective hace un par de llamadas. En una de ellas confirma, Central telefónica mediante, las llamadas del celular del chofer al abogado que acababa de visitar. En realidad no le dicen nada nuevo, porque había interrogado al abogado directamente. Resultaron muy ilustrativas las inquietudes del chofer referidas a cuestiones legales de herencia y familia.

Otra de sus llamadas fue para Nina:

–¡Hola Alberto! ¡Qué alegría escucharte! ¿Tenés más trabajo, para mí? –contestó ella, con un tono muy simpático y alentador.

–En realidad no. Y no tengo ninguna excusa para este llamado, salvo ofrecerte llevarte a Mar del Plata esta noche o mañana, como prefieras.

–Pero cómo. ¿Ya tenés resuelto el caso, y ya te estás volviendo?

–Así es. Ya está casi listo. Y como entonces vos no vas a tener nada más que hacer en Madariaga, nos vamos, por ahí comemos algo, ¡y tal vez hasta te invito al cine!

–¡Me encanta! ¿A qué hora querés que esté lista para salir?

–Te aviso un rato antes. Hasta luego.

Y cortó, muy contento, tan satisfecho del progreso en la investigación como de la eficaz aproximación a Nina.

* * *

Juntó sus papeles, miró la hora y se dirigió al comedor. Habló unas palabras con Casiana y se sentó a la mesa, en un rincón. Esperó a que llegaran todos, y, cuando entraron también Casiana y Luigi, se puso de pie.

–Les pido que me disculpen, si demoro el almuerzo unos minutos. Y si se preocupan al ver que la cocinera también está aquí sentada, en vez de tener la comida cliente, les digo que Cachito está revolviendo la cacerola para que, apenas termine, se sirva la comida bien a punto. Pero todos van a estar de acuerdo en que mejor que sepamos ahora mismo la verdad de lo que sucedió, y terminemos ahora mismo este Retiro prolongado, así cada uno se puede ir a cumplir sus obligaciones.

Y después de una pausa agregó:

–Sus obligaciones con la parroquia, o con la Justicia.

Se hizo un gran silencio. Y en ese silencio retumbó la pregunta, la pregunta que latía en el ambiente desde hacía tres días.

–¿Quién mató al obispo?

–Esta es la cuestión, la pregunta que se están haciendo todos. O casi todos, porque entre nosotros hay alguien que ya sabe la respuesta.

Tomó un sorbo de agua y se dirigió al centro del comedor. Mirando a todos, prosiguió:

–Pero primero recordemos lo siguiente: prácticamente todos los presentes pudieron hacerlo. Todos sabían que un cambio de pastillas provocaría al obispo un infarto y la muerte. Y alguien estuvo manipulándolas. Prácticamente todos estuvieron con él en su despacho, y pudieron agregarle cianuro al mate. Fue muy fácil matar al obispo. Veamos entonces lo que sigue, a saber, quién tenía motivos para hacerlo. Eso reduce considerablemente la búsqueda.

–De todos los presentes hay, como en todas partes, los que tenían alguna cuenta pendiente con el obispo porque los había maltratado. Todos conocemos sacerdotes que sufrieron o sufren porque el obispo les dio un destino antipático, o porque nunca los promovió como esperaban o se merecían, o porque los sacó de una buena parroquia para poner un protegido. Eso pasa en todas partes y no parece, en principio, motivo suficiente como para que el cura vaya y lo asesine.

–Entre ustedes hay algunos casos mucho más preocupantes. Efectivamente, hay varios que querían al obispo fuera de combate, por así decir, porque estaba tomando decisiones que iban a significar, para más de uno, muy serias y desagradables consecuencias.

Luigi, en su lugar, hizo un movimiento de asentimiento, como si él fuera otro detective asociado a la pesquisa.

–Este descubrimiento me complicó la investigación, ya que tuve que ir analizando y descartando estos casos, uno por uno.

Al decir esto, alguno de los curas no pudo evitar moverse en el asiento.

–Por ejemplo, y no voy a nombrar a nadie, uno de ustedes tiene una causa pendiente por un asesinato ocurrido en el extranjero y sabe, porque el obispo se lo dijo, que está a un paso de ser extraditado y juzgado criminalmente, y muy probablemente condenado. Dependía del obispo. Su muerte posterga la cuestión. ¿No es suficiente motivo para querer salvar el pellejo, a toda costa?

Los curas se miraban. Luigi asentía, con aires de *causa finita*. Pero el detective siguió hablando.

–Uds. dirán que sí, que es obvio, que el asesino es el buscado por Interpol. Pero no es el único con motivos para eliminar al obispo. Otro de ustedes está, también, a un pie de la cárcel por malversación de fondos. El obispo estaba por denunciarlo, y la única salida, la única manera de evitar la vergüenza y el calabozo era despacharlo.

Varios de los presentes conocían el caso, y miraron de reojo al padre Zacarías. Este, liberado de las esposas para almorzar, sacudía la cabeza, mirando al plato vacío, como negando toda culpabilidad en el crimen.

Luigi, por su parte, miraba a todos como diciendo:

–¡Es obvio, ahí tienen al asesino!

–Pero ni esa situación, ni el agravante de la fuga, terminan de definir al culpable. Ni se termina con ese caso la lista de sospechosos. Encontré otro más, de prontuario interesante, que se había ingeniado para borrar rastros de crímenes anteriores que el obispo acababa de descubrir. ¡Y que iba a denunciar! Porque la tolerancia cero que adoptó la Iglesia respecto de abusadores de chicos se lo exigía. Y eso sería la ruina de una carrera sacerdotal, de una situación cómoda, de un querer empezar de nuevo como si semejantes atrocidades no exigieran reparación y castigo. A no ser que algo o alguien lo detuviera, rápidamente. ¡Vaya si no era motivo para adelantarse, como fuera!

–Ustedes dirán: ya está. El asesino es uno de esos tres. Y se acabó la intriga, y el Retiro forzado de estos días, y cada uno puede volver a su trabajo en la Parroquia o donde sea. Pero no. Hay más.

Al decir esto, fue volviendo a su mesa y se sirvió otro trago de agua. Nadie se movía.

–Hay el cura que lo tenía harto al obispo con sus campañas fundamentalistas, y que sabía que el obispo estaba por trasladarlo a un lugar donde no pudiera seguir con su supuesta congregación, sus seguidores fanatizados y sus eficientes colectas para financiar el proyecto de una casa independiente. ¡Se acababa todo! Y eso, para esa gente, no podía ser. Dios iba a bendecir cualquier decisión que permitiera continuar con su evidente designio de fundar un instituto que, desde Madariaga, redimiera el mundo y a la misma Iglesia. Nuevos Borgias sin escrúpulos bien podían hacer lo que hicieron, allá lejos y hace tiempo, otros religiosos enloquecidos. ¡Había que defender esa obra inspirada de lo alto, de cualquier manera!

–¿Vinieron, entonces, de noche, y envenenaron el mate del obispo?

–Como ven, nada es evidente. Y, para peor, todavía hay más.

–¿Qué me dicen si tal vez el asesino no es ninguno de esos? ¿Si tal vez no es alguien que maquinó el crimen por una especie de defensa personal, para escapar de un castigo merecido o de un grave problema, sino de un loco?

Algunos no podían creer lo que escuchaban, y preguntaban, en un cuchicheo, al que tenían al lado, si habían escuchado bien.

–Un loco, un desequilibrado, alguien con alteraciones mentales, o emocionales, que reaccionó de esa manera desproporcionada ante una situación que lo sacó… Ustedes saben que no hay bestia más feroz sobre la tierra que una mujer despechada.

Cuando dijo esto muchos miraron a Casiana. El detective lo advirtió, él también la miró, y continuó:

–Pero también saben que pueden darse alteraciones afectivas, que pueden hacer que un varón reaccione como una mujer. Hay varones que, por celos, mueren, o matan. Por eso podemos decir, como lo dicen algunos profesores de Psicología Criminal, que no hay bestia más peligrosa sobre la faz de la tierra que una persona puesta en situación subjetivamente límite, sea varón o mujer, sea maestra o peluquero, policía o, por qué no, sacerdote.

Alguien empezó a emitir gemidos, apenas audibles, mientras se meneaba en la silla y transpiraba profusamente. Nadie decía palabra.

–Una situación límite es, por ejemplo, que a uno le digan que deja su puesto, pierde su posición, vuelve a ser nadie o menos que nadie, y que se va a convertir en el hazmerreír de todos apenas se descubran sus maniobras, sus mentiras, sus falsificaciones…

–¿Qué hace una persona así, en esa situación? ¡Cualquier cosa, con tal de evitarlo! Y si, encima, tiene las facultades alteradas, no la detiene nadie, ni el remordimiento de conciencia, ni el miedo a que lo agarren, ¡ni siquiera, muchas veces, que lo estén mirando!

–Como ustedes ven, no es para nada evidente la respuesta a la gran pregunta. Pudo haber sido cualquiera de estos sospechosos, ¿no es cierto?

Al quedarse mirándolos, de alguna manera dio pie a que le respondieran. Y así lo hicieron, empezando por los aludidos, y siguiendo por Luigi:

–¡Claro, yo le dije, no hay que fiarse de nadie! ¡Si yo los conozco!

Siguió hablando el detective:

–Pudo haber sido cualquiera de éstos, o no.

Todos se miraron, sorprendidos. También Luigi se calló.

¿Quién mató al obispo?

El silencio era impresionante. Nadie se movía. ¿Iba a decir quién había sido, o al final él tampoco lo sabía?

El detective se sirvió más agua, y bebió lentamente, mirando al techo. Continuó:

–O pudo ser otra persona. Pudo ser, por ejemplo, la persona que acercó la yerba al obispo, para el mate de la mañana. Pudo ser la persona que le trajo la yerba con veneno, cuando el obispo estaba conversando con alguien. ¡Y ese alguien se acuerda muy bien! Pudo ser la misma persona que entró al baño del obispo y le volcó las pastillas, para que pareciera que un error del obispo le provocó un infarto, o que se había suicidado.

Hizo una pausa, aumentando el suspenso, y luego prosiguió, mirando a Luigi:

–La persona que, después de muerto el obispo, salió afuera y arrojó el mate a los arbustos, para que no se descubriera que tenía raticida, el mismo veneno que había en el garaje. Ese mismo mate que encontramos, por suerte, con las huellas digitales del obispo y de esa persona.

Y, bajando el tono de voz, agregó:

–Curiosamente, las mismas huellas digitales que encontramos en los frasquitos de las pastillas. Que son las mismas que tomamos en otras partes de la casa. ¡Las huellas de alguien que nadie hubiera pensado que podía ser tan desagradecido, tan ingrato, tan cruel, con alguien que le había dado tanto! Alguien que no tendría que tener con el obispo más que gratitud, por lo que significó para esa persona y su familia, un protector generoso, un padre de tantos años…

La mitad de lo que estaba diciendo no era cierto. No había tales huellas digitales, pero sí había una fuerte presunción y una muy convincente intuición de la identidad del asesino.

Y había un italiano pronto para saltar:

–¡Mentira! ¡Qué protector ni qué *caraco*! ¡La tuvo a mi hija de esclava todos estos años, le hizo un hijo, y ahora la iba a dejar en la calle! ¡Pero yo lo jodí! Ya me dijo el abogado que lo que era del obispo es de mi nieto, y por eso lo hice reventar, ¡y bien hecho! ¡Era un canalla, igual que la mayoría de todos ustedes! A mí no me importa lo que me pase. ¡Mi hija y mi nieto ahora sí están cubiertos! ¡Protegidos por mí, no por ese abusador! ¡Siempre lo odié, con todas mis tripas! Bien muerto está.

Casiana lloraba. Los curas guardaban silencio, con los ojos bien abiertos.

Hoyos avisó por celular a los dos policías que esperaban en la entrada. Estos entraron, esposaron al abuelo de Cachito y se lo llevaron, mientras seguía gritando que no le importaba lo que le pasara, que ahora sí el obispo iba a proteger a su nieto con la herencia.

* * *

El detective se dirigió a su cuarto, a buscar sus cosas para retirarse.

Cuando salía, el padre Martín lo esperaba en el pasillo.

–Quería agradecerte…

–Para nada, Martín. Salió bien. Eso sí, vas a tener que absolverme de algunas mentiras. No había tales huellas digitales, ni en el mate ni en los frasquitos.

–Ah! ¿Y con eso le hiciste creer a Luigi que ya lo tenías acorralado?

–Y por suerte se lo creyó, y después, tocándole la llaga de la bronca que le tenía al obispo, lo hicimos saltar.

–Y ¿cuándo te diste cuenta que había sido él?

–Fue largo, desde que supe del parentesco de los cuatro, el obispo, el chiquito, Luigi y Casiana, hasta que me informaron de las conversaciones de Luigi con los abogados, y de su interés por la herencia. Doble motivo: la rabia porque despedía a la hija, con su nieto a cuestas, y la posibilidad de heredar éste a su abuelo.

–¡El famoso campito! Al final le costó caro, al Monse.

–¿Ya sabías, Martín? Bueno, me imagino que sí. Yo me enteré por los abogados, que dicen que también hay buena plata en su cuenta personal. Así que, gracias a los esfuerzos solidarios de su papito Luigi, la Casiana no quedó tan a la intemperie.

–¡Mirá vos! Y probablemente en poco tiempo va a encontrar un novio, y va a empezar otra vida…

–Seguramente. Gracias por todo, Martín. Y si yo también, en una de esas, necesito un cura para empezar de nuevo, te llamo …¡para el casamiento! Aunque tal vez estés muy ocupado, haciendo de obispo o algo de eso. Igual, ya sé que, además de alguno que otro malandra, hay un montón de curas macanudos aquí cerca, con los que puedo contar.

–Y los malandras, como vos decís, Alberto, esperemos que salgan del Retiro muy mejorados, ¡limpios de pecados!

Al escuchar eso, el policía se detuvo y miró al sacerdote.

–Martín, acordate que yo me ocupo de delitos, no de pecados. Y tengo que transmitir a la Fiscalía los datos que encontré en las carpetas del obispo. Asique algunos van a tener que hacerse responsable de sus actos. En cuanto a que arreglen sus cuentas con Dios, ¡ojalá!, pero eso, ciertamente, escapa a mi competencia.

Martín siguió caminando, mirando al suelo:

–Eso sería, para mí, lo más importante. Aunque tenés razón.

Hizo una pausa, y agregó:

–Y, en fin, es algo que quizás tengamos que agradecerle al *Monse*, más allá del desastre de su doble vida y de su triste final. Porque lo brutal de su muerte y lo sincero de su confesión hizo reaccionar bien a varios de sus curas.

Como pensando en voz alta completó la idea:

–Alguno, con ayuda del próximo obispo, tendrá que cambiar de oficio, hacerse tratar, buscarse un trabajo…

Fueron saliendo, Hoyos con su valija y Martín con su equipo de mate.

–Y vos, Alberto, de alguna manera también los ayudaste. Tus severos interrogatorios los hicieron pensar.

–Mi intención no era hacerlos pensar, ¡sino temblar y confesar!

–Bueno, no importa si temblaron, si después se confesaron –
dijo, sonriendo, el padre Martín. Y agregó:

–Gracias a Dios, que se sirvió de un muerto y de un detective.
Omnia cooperantur in bonum. ¿Te acordás lo que quiere decir?

A su manera, lo tradujo el detective:

–Sí, todo sirvió, y todo terminó bien.

OTRAS OBRAS DEL AUTOR

El Hijo del Capataz,
  Fantahistoria del milagro argentino

Cristián, o la decisión heroica,
  Fantahistoria del primer santo argentino

Tomás Moro,
  Un señor, un político, un santo

Jesús,
  Amigo para siempre